元、落ちこぼれ公爵令嬢です。

Previously, I used to be a disqualified daughter of the duke.

「クレア、緊張してるのか？」

「ええもちろんよ」

張り詰めたものを微塵《みじん》も感じさせないヴィークの声色に、クレアは上品な笑顔を浮かべたまま真っ向から反抗した。

それもそのはずである。今日はクレアとヴィークの婚約式だった。

クレア・マルティーノ
（主人公）
16歳
ノストン国の女傑を輩出する血統、マルティーノ公爵家の令嬢。ジルベールにより、ルピティ王国に招待されるが……。
リュイ・クラーク
18歳
男性のような凛々しさを持つクラーク伯爵家の令嬢で、ヴィークの側近兼護衛騎士。この度、護衛としてクレアに同行する。
ジルベール・エクトル・ラグランジュ
18歳
ルピティ王国の第二王子。クレアに対し、並々ならぬ興味を示しているようで……？

元、落ちこぼれ公爵令嬢です。

Previously, I used to be a disqualified daughter of the duke.

4

一分咲
Ichibu Saki

ill. 眠介
Nemusuke

キャラクター原案
白鳥うしお

contents

プロローグ

季節はうららかな春。

王立学校の敷地と外を隔てる重厚な門の前を見上げ、クレアは感慨に浸っていた。

ノストン国で王立貴族学院の卒業パーティーが開催され、シャーロットの白の魔力が無効化されたのはもう数週間前のこと。

休暇の残りはヴィークたちとリンデル島を訪問して過ごし、クレアは今日から王立学校の三年生に進級する。

（一度目の私はこの日から王立学校に編入したのよね……）

クレアはこの世界が乙女ゲームの中のものだと知っている。

けれど、生まれたときからクレア・マルティーノであり、周囲の全てが現実のものだ。

だから、ノストン国とパフィート国の未来のために人生をやり直していることはヴィークたちに打ち明けたが、ここがいわゆる作りものの世界だと話したことはないし今後も話すつもりはない。

しかし、その部分に関して今一番の心配事がある。それは。

（春の終わりには魔力竜巻があるわ）

あと数か月もすれば、この世界を恐怖に陥れる魔力竜巻が発生する。

一度目のクレアはそれを何とか浄化することに成功した。

おそらく、魔法を使うことに慣れ魔力量も増えた今ならば、そのときよりも数段楽に浄化できることだろう。

しかし、問題はその先だった。

一度目のとき、魔力竜巻を浄化し魔力を使い果たしたクレアは、この世界から弾《はじ》かれて向こうの世界へ飛ばされてしまったのだ。
・・・
クレアは、魔力切れを起こしたり魔力に関して大きな衝撃を受けたりしたときには必ず、世界の壁を乗り越えてしまう。

これまではいつも『リコ』がゲームをプレイ中もしくはセーブデータがある状態だった。

けれど今度はどんな状態なのか予測もつかない。

もしかしたら、全く関係のない場所に飛ばされてしまうのではないか。

それだけでなく、状況によっては向こうの世界から戻ってこられないことだってあるのかもしれない。

そんな未来を想像するだけで、身震いがする。

（これまでは運がよかったのよ。確実に乗り越えるためには、魔力竜巻を浄化しても魔力

切れを起こさない必要がある)

王立学校の敷地に足を踏み入れず、考え込んでいるクレアにヴィークが声をかけてきた。

「クレア、中に入らないのか?」

「ヴィーク……」

クレアは相変わらず王宮の敷地内の離宮に部屋を賜っているけれど、ヴィークとは別の馬車で移動するのが決まりだった。

ヴィークはちょうど、クレアに遅れて到着したところらしい。

笑顔で「おはよう」と挨拶を返してから話題を繋《つな》ぐ。

「今日はクラス分けの試験があるな」

「ええ……」

(そうだったわ)

ヴィークの言葉に、クレアは魔力竜巻への不安よりも目の前の心配事を思い出した。

今日は新学期恒例の試験がある。けれど、自分自身のことが心配というわけではない。

気になっているのはクレアの隣で教科書を読んでいる彼である。

「――ディオン。歩きながら勉強をしていては危ないわ。続きは教室に入ってからにしない?」

「んー、もう少し。だって、着いたらすぐに試験でしょ?」

「そうだけれど……試験もディオンならきっと大丈夫だわ」

「もちろん、普通に点は取れると思ってるよ？　でも、クレアと同じクラスにならないといけないし」

「…………」

あっけらかんと答えつつ教科書をしまうそぶりのないディオンに、クレアとヴィークは顔を見合わせて微笑《ほほえ》み合う。

この春、ディオンは王立学校に復学することになった。

ミード伯爵家の没落に伴い王立学校を退学したはずが、ヴィークが手を回して認められたのだ。

おめでたいニュースにクレアたちが沸いたのはほんの束《つか》の間。すぐにディオンの勉強へのブランクが思い出されて、この春休みは皆で勉強づけだった。

王立学校のクラス分けは身分関係なく成績順に振り分けられる。

クレアもヴィークも成績は優秀で、ディオンが二人と同じクラスになるためにはそれなりの点を取らなければいけない。

なかなか困難なことに思えたが、教科書を読んでは空を仰ぎ、何かを反芻《はんすう》するディオンを見てヴィークは笑っている。

「俺は、ディオンがクレアの護衛だから復学の手配をしたわけじゃないぞ。それは表向きの理由だ。ディオンもあと一年、学生生活を自由に楽しむといい」

「感謝しています、ヴィーク殿下。でも僕はそんなふうに言ってくれるヴィーク殿下のためにも、優秀な成績を取りたいんだ。周囲に面倒なことを言われないようにね」

「ディオンはすぐに固いことを言うな。根が真面目だったと思えばそれまでだが、俺は悪そうだったディオンも嫌いじゃないな」

「僕はヴィーク殿下とクレアに忠誠を誓っているんだ。同じクラスになれないことは裏切りに値しますから」

「…………」

またクレアとヴィークは顔を見合わせる。

ここまで言われてしまったら、さすがに止めることはできなかった。

（ディオンは変なところで本当に真面目ね……）

ディオンの勉強を邪魔しないように、クレアとヴィークは視線だけで会話を交わす。

門をくぐり、敷地内を歩き始めたクレアたちに声をかけてくるものはいない。

皆、遠巻きにチラチラとこちらの様子を窺《うかが》っているだけだ。

時折、悲鳴のような声を上げて慌てて口を押さえているのは、今年入学した新入生だろう。

普段、王族であるヴィークに直接関わる機会はないのだから当然のことに思えた。

（前のとき――一度目の人生で編入したときは、ヴィークの周りにたくさんの人が集まっていたのだったわ……）

あの日、クレアは生徒たちの注目と尊敬を集めるヴィークの姿を見て距離を置くことに決めた。

当時は贈り物を手にした令嬢の姿も多かった気がするが、今は見えない。

ヴィークには特別な相手――クレア、がいると皆が知っているからだ。

ちなみに、そのときはヴィークにあまり関わらないことに決めたわずか数時間後のランチタイム、ニコラと他の令嬢のトラブルにうっかり口出しをしてしまった。

カフェテリアでヴィークから皆に向けて『大切な友人』と皆に紹介されてしまったのはわりと忘れたい思い出である。

（あの絶望感と気まずい空気が懐かしいわ……）

「クレアも何だか上の空だな」

ぼうっとしているところをヴィークに見られて、クレアは慌てて表情を引きしめる。

「少し……いろいろなことを思い出していて」

「そうか。……そういえば、もしかしたら近いうちにいい知らせがあるかもしれないな」

「いい知らせ？」

意味深な言い方をされ、クレアは首をかしげたものの、ヴィークはそのままにっこりと微笑んで話題を変えてしまう。

「もしかしてシャーロット嬢のことを考えていたのか？　大丈夫だ。どこかで図太く逞《たくま》しく生きているだろう。それにもう危険な魔力は持っていないし、ノストン国と協力して捜索態勢をとってある。心配するようなことはもう起きない」

「……そうね」

クレアの妹・シャーロットは姿を消したままだった。

ノストン国内を隈《くま》なく捜したが見つかっていない。パフィート国との間に設置された『扉』の使用履歴まで調べられたが、足取りは掴《つか》めていなかった。

シャーロットはもうほとんど魔法が使えないのだから、扉を使えるはずもないが、その部分を調べるほど捜索は細かく行われている。

それなのにまだ見つかっていないのだ。

（誰かを困らせていないといいけれど……）

王立学校の敷地内を校舎へと向かいながら、クレアは再建中のマルティーノ公爵家のことを思い、ため息をついた。

第一三章

王立学校三年生の初日。

クラス分けテストの結果は上々だった。

クレアはいつも通り好成績を収め、いつものメンバーと同じクラスになった。

教室の端では、無事に上位クラスに名を連ねたディオンがヴィークたちと楽しげに話している。

それを見てホッとしながら、クレアはリディアと帰り支度をしていた。

「クレア様は相変わらず優秀でいらっしゃるのね」

「リディア様も。今年も同じクラスになれてうれしいですわ」

「ふふふ。ずっと気になっていたのですが、クレア様はまだパフィート国にいらしてから一年ほどしか経《た》っていないのに隙がないですわよね。この国のことはどうやって勉強されたのですか」

「家庭教師の先生が幅広く教えてくださる方だったのです」

「まぁ。やはり素敵な先生についていらっしゃったのですね」

「……ええ」

少し間をあけて微笑んだクレアに、リディアはなるほど、と頷《うなず》く。

ちなみにクレアの答えに嘘はないが、その家庭教師というのはノストン国でも指折りの淑女たちだった。

しかも、正しい言葉で表現すればクレアが受けたのは『淑女教育』ではなく『お妃教育』である。

幼い頃からアスベルトの婚約者だったクレアは、礼儀や立ち振る舞いに始まり、ダンスや教養などを余すことなく学んできた。

（私はノストン国でお妃教育を受けてきたのよね。だから周辺国の基礎知識や地理は大体頭に入っているのだけれど）

ヴィークからは、まもなくパフィート国でのお妃教育が始まるとは聞いている。

けれど、クレアもヴィークもまだ一六歳で、結婚適齢期にはほど遠い。

おそらく急拵《ごしら》えではなく時間をかけたものになるのだろう。

「この国での結婚適齢期は二五歳前後ですわ。女性はもう少し早いこともありますが……一〇代のうちに結婚をしなくては行き遅れと言われるようなことはありません」

「私の国でも同じような文化でしたわ、リディア様」

「ふふふ。クレア様でしたら、ヴィーク殿下の婚約者というお立場も重責もあっさり受け止めてこなしてしまいそうですけれど……本格的にご結婚をなさるまで、何かなさりたいことはないのですか」

「何かしたいことですか」

「ええ。とはいってもクレア様ならご結婚された後でもどんなこともこなしてしまえそうですわね」

ふふっ、と微笑んだリディアを見つめながら、虚をつかれたような気分になる。

(そういえば……私は二度目の人生を始めるにあたって、シャーロットを何とかすることだけしか考えていなかったわ……)

ノストン国とパフィート国の戦争を防ぎ、大切な人から未来を奪わないこと。

それだけがクレアの目標だった。

少し戸惑いながら、自分の中にある核をあらためて確認する。

(……まずは、魔力竜巻を無事に浄化すること。そして未来の大きな目標は、ヴィークの隣に立つこと)

王立貴族学院を抜け出した夜のクレアは、不安と挫折を抱えながらも自由だった。

ひどく孤独だけれど、この先はどんな人生でも送れる、という不思議な幸福感。

卒業パーティーを終えて一息ついたのだし、魔力竜巻の浄化に成功したら少し気を緩めて好きなことをしてもいいのかもしれない。

そう思ったところで、ふとイザベラの顔が浮かんだ。

イザベラは、一度目の人生でクレアの背中を押しヴィークに想《おも》いを伝えるきっかけをくれた、まだあどけない顔をしたかわいい教え子である。

先月はカルティナの町で一方的な再会を果たした。

同じように仲良くなることは難しいと思ったが、それでもイザベラが自分を慕ってくれたことがうれしかった。

イザベラとの別れ際、クレアはレーヌ男爵へ手紙を書き、イザベラに手渡した。

内容は、レーヌ男爵夫妻への挨拶に加えて『イザベラを離宮に招きたい、迷惑でなければイザベラの手伝いがしたい』というものだ。

返事はそろそろ来るのかもしれない。

(――イザベラ様はこの人生でもあの夢をお持ちになるのかしら。ううん。さすがにそれはないわね)

一度目の人生、イザベラが泣きながらお妃選びの夜会に誘ってくれた日の夜。クレアはレーヌ男爵夫妻からイザベラの夢を聞いていた。

イザベラは将来王宮の女官になりたいのだと。

その理由は、クレアを側《そば》で補佐したいというところから来ていた。

(私にとって、とても温かくて大切な想い出だわ)

かわいい教え子が抱いてくれた、自分しか知ることのない夢。

懐かしい想い出に微笑んだクレアは、馬車に乗って離宮へと戻ったのだった。

「クレア」

王宮の敷地に入ってすぐに声をかけてきたのはリュイだった。

「？　どうしたの」

「手紙が届いてる」

「……私宛のものがヴィークのところに？」

クレア宛の手紙は離宮に届く。リュイがわざわざ持ってきてくれたということは、ヴィークのところに届いたものということになる。

首をかしげたクレアにリュイが意味深に微笑む。

「読んでみて」

受け取った封筒を裏返すと、そこにはレーヌ男爵の名前があった。

「！」

「ヴィークは朝のうちに目を通してあるよ。あとはクレアに、って」

「ヴィークが言っていた『いい知らせ』ってこのことだったのね！　リュイ、ありがとう」

クレアはその場ですぐに封筒を開け、便箋を取り出す。

中には五枚の手紙。レーヌ男爵直筆の丁寧な字で、カルティナの町でのイザベラへの計らいのお礼が綴《つづ》られている。

はやる気持ちを抑えながら、読み進めて数秒。

「〝婚約者でいらっしゃるクレア・マルティーノ様を招待する許可を賜りたい〟……リュイ、これって！」

パッと顔を上げたクレアに、リュイは優しく笑った。

「ヴィークの答えはもちろん『可』だよ」

その手紙は、クレアをレーヌ男爵家に招待してもいいか問うものだった。

カルティナの町で、クレアはイザベラに『王子殿下の婚約者』として出会った。

いくらクレアとイザベラが仲良くなっても、ヴィークの許可なしに招待することはできないと思ったのだろう。

その関わり方すらレーヌ男爵家らしくて、懐かしく、うれしくなる。

喜びを噛《か》みしめながら離宮の自室に戻ると、ちょうど手紙が届いていた。

手紙は二通、レーヌ男爵夫妻からとイザベラから。予想通り、ぜひ私邸に招きたいという内容だった。

（……こんなことってあるのね。うれしいわ……）

クレアは早速、訪問の日時を伺う返事を書いた。

そしてレーヌ男爵邸の庭を彩るローズガーデンを思い浮かべながら、幸せな気持ちで眠りについたのだった。


次の休日。

クレアはレーヌ男爵邸へと向かう馬車に乗っていた。

同行してくれるのは、ヴィーク、ディオン、リュイである。

「ヴィーク、私と一緒に来てもよかったの？」

「ああ。王宮にいても暇だしな」

「……そうなの？」

ヴィークの答えに、リュイが何も言わず眉をぴくりと動かしたのをクレアは見逃さない。

留守番のキースとドニが困っているのだろう。

（苦労が想像できるわ……）

二人のためにも、長居をしすぎないように気をつけよう、と心に誓ったところで、ふわりと甘い香りが漂った。

斜め向かいに視線をやると、ディオンが手土産《みやげ》の入ったバスケットを覗《のぞ》き込んでいる。

「お土産は焼き菓子かぁ。クッキーにパイにスコーン。お茶の時間が楽しみだね」

「ええ。ディオンもカルティナの町で会ったイザベラのことは覚えているわよね？」

「うん、もちろん。たくさん話したし、結構仲良くなれた印象もあるよ。賢くてかわいい女の子だった」

「レーヌ男爵夫妻も本当に素敵な方々なの。ディオンもきっと仲良くなれるわ」

「楽しみだなぁ」

クレアとディオンの会話を、ヴィークとリュイが何も言わず微笑んで見守ってくれている。

それがうれしくて、クレアはぎゅっと手のひらを握った。

（ヴィークは、いつだって私だけの想い出をそうじゃなくしてくれるわ）


レーヌ家に到着したクレアは庭園に面したサロンに案内された。

庭側一面がガラス張りになっていて、庭の景色が楽しめるような造りのサロンは記憶の中にあるものと変わらない。

窓の一部が開いていて、庭園からバラの香りが漂ってくる。馴染《なじ》みある調度品と、クレアだけが一方的に知っているメイドたち。

そんな懐かしい空気が漂う場所で、レーヌ男爵夫妻は同じように変わらない笑顔で出迎えてくれた。

「ようこそお越しくださいました」

「ご訪問、お待ち申し上げておりましたわ」

「……すっごいね、このお屋敷。うちみたいに豪華だ」

ディオンの呟《つぶや》きが聞こえたらしいレーヌ男爵が快活に笑い声を上げる。

「ははは。うちは見ての通り成金なんですよ。私の父が一代貴族だったのですが、一五年ほど前に一山築きすぎてしまいましてね。使い道がわからないから手当たり次第国や教会に寄付したんです。そうしたら、爵位を賜りまして」

「そうなのですわ。私なんて、生まれはただの町娘だったもので……。急に社交界なんて言われても何だかわからなくて困ってしまいましたわ」

（懐かしい……）

レーヌ男爵夫妻の話にクレアは目を瞬いた。

傷ついた心を癒しきれないままこの王都にやってきた頃の思い出が蘇《よみがえ》る。

身元のはっきりしない自分を大切な娘の家庭教師として迎え入れ、温かく接してくれた二人は、やっぱり変わらないらしい。

（この温かい空気に泣きたくなる）

思わず言葉に詰まったクレアを、ヴィークが自然にフォローしてくれている。

「国のために尽くしてくれていること、王族の一人として礼を言う。こうして落ち着いて話してみても、以前からの印象は変わらないな」

「ヴィーク殿下、私どものことを覚えておいでで……！」

「もちろん。以前は季節の花見の舞踏会でお会いした記憶が」

「そ、その通りです。ご挨拶したときにお褒めいただいた領地の政策について鋭意進めているところでして」

興奮した声色のレーヌ男爵に、側で見守っていたリュイが上品な笑顔で応じた。

「その件に関しては、殿下が興味深く経過を見守っておいでです」

「何と……恐縮ですなぁ」

急に黙り込んでしまったクレアを気遣うように、ヴィークたちが代わりに会話を進めてくれていた。

王族と貴族の彼らは話題選びから会話のマナーまで完璧である。

この場にいれば、クレアが特別に感傷的になっていることをレーヌ夫妻に悟られなくて済むだろう。

一度目の人生、王宮に引っ越すことになったクレアの送別パーティーはこのサロンで行われた。

その懐かしい記憶を胸いっぱいに味わっていると、かわいらしくも少しだけ怒りを含んだ声がした。

「……お父様、お母様。まだでしょうか……」

そちらを見ると、淡い桜色のワンピースを着たイザベラが立っていた。

おそらく待ちきれなくなってしまったのだろう。声色の通り、頬がほんの少しだけ膨らんでいる。

そんなイザベラを夫人が優しく窘《たしな》める。

「あら。呼びに行くまで待っていなさいと言ったのに」

「どうしても気になってしまって。クレア様は……わ、私の友人ですわ」

（……！）

思いがけない言葉に、一同は顔を見合わせてからイザベラに温かな視線を送った。

知的な印象の瞳と控えめで上品な立ち振る舞いは、この年頃にしては大人っぽく感じられる。けれど、待ちきれず挨拶に来てくれるところが少女らしくていじらしい。

クレアはイザベラの前に立つと淑女の礼をした。

「こんにちは、イザベラ様」

「クレア様！　お会いしたかったですわ……！」

「カルティナの町から戻られていかがお過ごしですか？」

「に、日記を……！　ご一緒できた日のことを記して、何度も読み返していました……！」

「まぁ」

うれしい返事に、クレアの頬は自然と緩んでいく。

（本当にイザベラ様だわ。思い出を大切にされるところや、休日の過ごし方まで私が知っているのと変わらない……）

　クレアとイザベラのやり取りを見ていたヴィークは口を開いた。

「そういえば、レーヌ家ではイザベラ嬢の家庭教師をお探しとか？」

「ああ。そうなんです。いやあ、なかなか求人に応募してくれる方がいなくて。何とか紹介で挨拶に来てくれても、成金という家の評判を聞いて断られるケースがほとんどでして。ははは」

「それはお困りだろう。……実は一人、心当たりがあるのだが」

「ヴィーク殿下のご紹介、ですか……？」

「ああ。勉強はもちろん、淑女としてのマナーを教えるのにもぴったりの適任者が」

（……ヴィーク……？）

　全く聞いていなかった話にクレアは首をかしげ、隣で話を聞いていたイザベラは「私に家庭教師の先生が⁉」と目を輝かせた。

「ただ、彼女は隣国からの留学生で俺の大切な婚約者でもある。さすがにここに住み込んで、というわけにはいかない」

「！」

　ヴィークの言葉にクレアは息を呑《の》む。

（もしかして）

ここのところ、ヴィークはなかなか忙しいらしい。今日だって、休日なのにキースとドニが王宮に残っている。

それにもかかわらず、わざわざヴィークが一緒に来てくれた理由を思って、期待がどんどん膨らんでいく。

「クレア・マルティーノ嬢はご息女の家庭教師として適任だろう。当然、ディオンという専任の護衛もいるから、王立学校の帰りにこの屋敷に寄ることも可能だ」

「！」

予想通り、ヴィークはクレアを家庭教師として推薦してくれるらしい。

願ってもない展開に頬が紅潮するのがわかった。飛び上がって喜びたいのを何とか堪《こら》えて、クレアは会話を見守る。

一方で、この話は織り込み済みだったらしいディオンとリュイは、ヴィークの提案に対しにこやかに同意した。

「僕が一緒なら帰りが遅くなっても問題ないですね」

「どこかのお坊ちゃんと違ってとてもお行儀のいいお嬢様のようだから、王宮で婚約者の執務に付き合うよりもずっと疲れないかもしれないしね」

「……リュイ」

今日の予定に関して強烈な嫌味を放ったリュイに、ヴィークが気まずそうに咳《せき》払いをしたところで。

驚いて相槌《あいづち》を打つだけだったレーヌ男爵が呆然《ぼうぜん》としたまま口を開いた。

「ほ、本当に、クレア様がうちの娘の家庭教師を務めてくださると……？」

「実現するかどうかは、本人と話し合って決めてくれ」

爽やかに告げたヴィークはクレアに視線を向けてくる。けれど、確認などされなくてもクレアの答えは決まっていた。

（何て素敵なお話なの……！）

「もちろんですわ。初めてお会いしたときから、イザベラ様は私の大切な友人です。もしここでお手伝いできることがあるのなら、どんなことでも喜んで」

「お父様！　お母様！　クレア様！　本当によろしいのですか……⁉」

頬を紅潮させ叫んだイザベラに、レーヌ男爵夫妻を除いた皆が温かい視線を向ける。

一方で、夫妻は揃《そろ》って驚愕《きょうがく》に固まったままである。

「「……⁉」」

あまりの急展開に状況を受け入れられないらしい。

二人に代わって、クレアは膝を少し曲げイザベラと同じ目線に揃えた。

「イザベラ様……いいえ、イザベラお嬢様、ですね。これから、どうぞよろしくお願いいたします」

「いえ、あのそんな！　でもクレア様……私、とってもうれしいです……！」

瞳を潤ませて微笑むイザベラは本当にうれしそうだ。そして、クレアも同じ表情をしている気がする。

（こうしてまたここに戻ってこられたこともだけれど……皆の優しさが本当にうれしい）

自分一人では、レーヌ男爵家と繋がりを持ち続けることは叶《かな》わなかったはずだ。

年相応にはしゃぐイザベラの笑顔を見ながら、クレアの胸の中はヴィークたちへの感謝の気持ちでいっぱいになっていく。

ということで、無事、クレアはレーヌ男爵家の家庭教師として通うことになった。

通う頻度は、王立学校の帰りにディオンを伴って週に数回。これなら、王立学校での生活・まもなく始まる王妃教育のどちらにも影響は少ないだろう。

ちなみに、ヴィークの提案で雇用契約書を作成することになったものの、王位継承者の婚約者を『雇用』するわけにはいかないとレーヌ男爵は頑《かたく》なだった。

リュイが論理的に説明し、ディオンが柔らかく誘導した後、『ヴィーク殿下とクレア様から余計な時間を奪わないで』というイザベラの言葉でやっと無事に契約は結ばれたのだった。

そんな時間も温かくて、クレアはほっこりした。

すったもんだの契約を終え、冷め切ってしまったお茶が淹《い》れ直されるまでの間、クレアは

サロンの窓辺に立っていた。

視界に映るローズガーデンには春が訪れ、華やかな風景が広がっている。

「とても綺麗《きれい》にバラが咲いていますわね。淡く柔らかな春の色合いに、心がとても癒されますわ」

「……クレア様はバラにお詳しいのですね」

「！」

レーヌ男爵夫人が驚いたような表情をしたので、クレアははたと言葉を引っ込めた。

（……そうだったわ。一度目のときはよくバラの話をしていたから……ついその癖で）

レーヌ家のローズガーデンはレーヌ男爵夫人お気に入りの場所だ。

使用人の手を借りつつではあるものの、ここの手入れには夫人が深く関わっているのだ。

だから、クレアが夫人とのイザベラ以外の会話をする際はいつも自然と庭の話になることが多かった。

それとなく会話を流してもよかったが、わずかな間の後、クレアは微笑む。

「以前、ローズガーデンを慈しまれるご夫人にとてもかわいがっていただいたことがございまして」

「あらまぁ。そうでしたの」

「……とても素敵な思い出です」

「ふふっ。バラが好きな人に悪い人はいませんわ」

まるで「私のようにね」とでも付け足しそうな雰囲気で悪戯《いたずら》っぽく微笑むレーヌ夫人と笑い合っていると、離れた場所で見守っていたらしいレーヌ男爵がぽろりと本音をこぼす。

「……何だか、まるで娘が増えたみたいだな……」

「もう、あなたったら何を言っているの。いやあね、ごめんなさい、クレア様」

「……いいえ、とてもうれしいです」

クレアは少しだけ視界が滲《にじ》みそうなのを堪えて笑みを返す。

耳の奥には、懐かしい日、「クレアちゃん」と呼んでくれた二人の声が響くようだった。

翌週から、クレアは王立学校の帰りにレーヌ男爵家へと通うようになった。

イザベラの私室、並んで座ったクレアはテキストを指差し問いかける。

「魔物にはさまざまな種類があります。……イザベラお嬢様は魔物を見たことがありますか？」

「いっ……いいえ……！　本の世界でしか出会ったことがない未知の生き物です」

「そうですね。魔物は、一部の人間が魔力を持って生まれるのと同じように、魔力を帯びた一部の動物が変異して生まれるものです。滅多に出会うことはありませんが、加護をかけるのはそういったものを寄せつけないためでもあるのですわ」

「加護をかけているから、遭遇せずに避けられるのでしょうか？」

「いいえ、そういうわけでもありません。魔物の出現事例や遭遇した人間は多岐にわたりますし、どんなに対策をしていても出会うときは出会ってしまうものだと」

クレアの説明に、イザベラは恐ろしそうに小さく震えた。

「怖いですわ。クレアお姉様。そんな魔物にもし出会ってしまったらどうすればいいのでしょうか？」

「多くは国の騎士団が派遣されることになっていますが……具体的な対処例については、過去の事例を見て学んでいきましょうね。──今日の勉強はここまでです」

クレアがテキストを閉じると、イザベラははぁとため息をつく。

「もうおしまいなのですね……。クレアお姉様と一緒に勉強をする時間はあっという間に過ぎてしまいます」

「私もですわ。イザベラお嬢様は熱心に授業を聞いてくださるので、とても楽しいです」

例えば、今日は加護を学ぶ一段階前の、あらゆる危険について学ぶ単元に入ったところである。

洗礼式を再来年に控えたイザベラは、一般的な勉強のほかに、少しずつ魔術の基礎となる科目を学び始めていた。

貴族の子どもたちはこうして魔力を活用するためのいろいろな勉強を積み重ねていき、一五歳の洗礼式に備えるのだ。

クレアに教えを乞うイザベラは変わらずに優秀で、とてもいい子である。

そして、イザベラがすぐに打ち解けたのはクレアだけではない。

「クレアお姉様、ディオンお兄様、今日もありがとうございました」

「⁉」

イザベラの言葉に、いつもはのんびりした空気を纏《まと》っているはずのディオンが明らかに狼狽《うろた》えている。

「ぼ、僕がお兄様なの？　どうして？」

「あっ……⁉　も、申し訳ございません。つい、クレアお姉様と同じように……」

「あ、あ……、全然いいんだよ。お兄様。僕、お兄様」

ディオンは目を瞬きながら頭をかき、イザベラは行きすぎた真似《まね》をしたと真っ赤になっている。クレアはそれを微笑ましい気持ちで見つめていた。

クレアを『お姉様』と呼んでくれているイザベラにとって、クレアと一緒にレーヌ家を訪れるディオンは家庭教師ではないにしろ『お兄様』なのだろう。

そう思うと、喜びで胸がくすぐったい感じがする。

「イザベラお嬢様。私たちのことをそんなふうに慕ってくださって本当にうれしいですわ」

「では、今日こそはお茶をご一緒に……！」

「そうしたいのは山々なのですが、あまり遅くなるわけにもいかなくて」

勉強の時間は一日に二時間程度と決まっている。空はまだ明るいものの、あまり長居をするわけにいかない。

クレアの返答に、イザベラはハッとしたように頷く。

「！　私がお引き留めしては、ヴィーク殿下がご心配なさいますよね」

「そ、そういうわけではないのですが」

この後王宮に戻っても、クレアは自室に戻るだけだ。

ヴィークたちの歓談の時間に呼ばれたり、夕食後にヴィークが訪ねてくることもあるが、時間を決めて待ち合わせをしているわけでもない。

否定したクレアだったが、イザベラはなぜかはにかんだ様子で微笑んだ。

「今日は諦めますわ。ぜひ、機会があれば」

「ありがとうございます。また誘ってくださいね」

視線を合わせて微笑み、クレアたちはレーヌ家を後にしたのだった。

その日、離宮に戻ったクレアを待っていたのは、居室で楽しげに紅茶を飲むヴィークの姿だった。

その向かいではドニがあくびをしていて、ソファの上にだらしなく伸びている。その姿からは執務が忙しい中ここにやってきたことが窺えた。

もしリュイがいたら『ここは一体誰の部屋』とツッコミを入れそうな光景だが、クレアはこの気安い感じが気に入っている。

「おかえり。レーヌ家は楽しかったか」

「ええ。おかげさまで、とっても充実した毎日よ。今日もね、イザベラ様はディオンのことをお兄様とお呼びになって微笑ましかったの」

「へえ。ディオンとも仲良くなったのか」

「そうなの。何だか、前よりももっと楽しくなりそう」

「……よかったな」

しみじみとしたヴィークの声色にクレアは微笑み、ソファの隣に腰を下ろす。

「レーヌ家に家庭教師の話を提案してくれるなんて聞いていなかったから、びっくりしちゃった。ヴィーク、本当にありがとう」

「クレアは、事前に相談したら辞退しただろう？　だからサプライズにした」

「まぁ」

確かに、ヴィークが言う通りだった。

もし事前に『レーヌ家の家庭教師を申し出てはどうか』なんて相談されたら、即刻断っていただろう。

その提案がどんなにうれしくても『自分の本分はほかにある』と判断するに違いなかった。

それは、クレアが次期王太子の婚約者として自覚があるからこそだが、どうもヴィークはもどかしいらしい。

ということで、こうして先回りをすることは決して少なくなかった。

「俺はクレアが寂しそうな顔をしているところを見たくない」

「ヴィーク、私は全然寂しくないわ。今がとても幸せなのよ？」

「しかし、クレアは自分よりも立場や周囲を優先するだろう？　だから、俺にできることは何でもする。誓って、一度目で経験したような辛《つら》い思いはさせない」

「…………」

いつもクレアを想い、形にしてくれるヴィークには『ありがとう』というお礼の言葉では足りない気がする。

どんな言葉で答えればいいのかわからなくて口を噤《つぐ》んだクレアの頬に、ヴィークの指先が伸びる。

どきりと鼓動が高まり頬にほんの少し熱を感じたところで、ドニがはぁあああ、と大きなため息をついた。同時に、我に返る。

「ねー。僕とディオンもいるのに、二人でいちゃいちゃしないでくれる？　ていうか、僕たち側近なら寂しそうな顔をしててもいいわけ～？　ねえ？」

「ド、ドニ。ごめんなさい！」

頬を赤く染め上げパッとヴィークから離れたクレアに、ドニはチャラっとした笑みを向けてくる。

「大丈夫～。僕たちが文句あるのはヴィークの方だからね？」

「……今日はきちんと書類をこなしただろう」

「でもまだたくさんあるし～？　戻ったら大変だよ。リュイがきっと怒ってる」

二人の会話に、クレアは首をかしげた。

「今ってそんなに忙しいの……？」

「ああ。ちょうど一年後に俺の即位式がある。王太子へのな。その準備が少しずつ忙しくなってきた」

「……！」

（そうだわ。来年は王太子への即位式があるんだわ）

しかし、それは魔力竜巻を乗り越えた先の未来だ。

クレアは、ヴィークの甘さと優しさに緩みかけていた気持ちを切り替える。

「そのときに、クレアには婚約者として隣に立ってもらおうと思う」

「私も、隣に」

そしてゆっくりとその意味を噛みしめる。

いくらノストン国の名門公爵家出身とはいえ、この国でのクレアはヴィークやアスベルトの後ろ盾がなければ取るに足らない存在だ。

そんな令嬢が王族と結婚するためには、周囲を黙らせるほどの何かが必要なことは容易に想像できる。

（一度目の人生では、前例のない規模の魔力竜巻を浄化して英雄としての地位を得たことだったわ）

けれど、そんなものは諸刃《もろは》の剣だとも思う。

王妃教育をずっと受けてきたクレアにはわかる。積み重ねを経て、どんな状況でも誰にも文句を言わせない必要がある、と。

そうすることこそがヴィークがくれる優しさへの答えなのだとも。

（この国のことをもっと知って、必要なことを学ぶべきだわ）

さらに、脳裏にさっきまで一緒に勉強していたイザベラの姿が思い浮かんだ。

一生懸命自分を慕ってくれる生徒に恥じない自分でいたい。

真面目に決意を固めるクレアの向かいで、ディオンとドニはお菓子をつまみ始めていた。

「でも正直、イザベラ様にお兄様って呼ばれたのは戸惑ったかな。僕、本当の妹にでさえお兄様なんて呼ばれたことがないから」

「確かにそうかもね～。ディオンの妹はそういうタイプじゃなかったしねぇ」

「そうそう。ずっと呼び捨てで、こわーい顔で睨《にら》まれてたんだ」

「あはは。双子のはずなのに、ディオンがディアナ嬢の顔真似をしても全然怖くないや」

デリケートな話題のはずなのに、随分と軽快である。

盛り上がる二人を見つめながら、ヴィークはクレアに囁《ささや》いた。

「レーヌ家の温かさは……ディオンにもいいかもしれないな」

「ふふふ。実は私もそう思っていたの」

かつて、傷ついて立ち上がろうとしていた自分を優しく支えてくれたレーヌ男爵家。

(今回、癒されるのは私だけではないかもしれないわ)

クレアは何となく、そんなことを思ったのだった。

第一四章

新生活にも慣れた頃、クレアの王妃教育は少しずつ始まった。

クレアの教育係の一人は国王陛下の妹、アドレイド・ベイノン侯爵夫人だった。

ヴィークの叔母《おば》にもあたる彼女は、テキストを片付けながらほぅ、と感嘆の声を上げる。

「クレア・マルティーノ嬢は……立ち振る舞いはもちろんですが、周辺国の地理から外国語まで全部完璧ですね」

「過分な褒め言葉でございます……」

「これ以上、私たちは何をお教えしたらよいのかしら。お話を聞いたところによると、クレア嬢は生まれる前からノストン国の王妃候補として決まっていたのよね？」

「はい。幼い頃から、周囲にいろいろと教えていただきました」

「やっぱりそうよねえ。それじゃあ、困ってしまうわ」

ほんの少しヴィークの面影を感じさせる優しい笑顔を見せた後、アドレイド先生は考え込んでしまう。

「パフィート国内の文化や歴史を詳しく学ばせていただくのはいかがでしょうか？」

「そうはいってもねえ。この様子ならきっとすぐに終わってしまうわ。クレア嬢はここにある貴族名鑑や歴史の本のほとんどは読んだことがあるでしょう？」

確かにその通りだった。

一度目のときのことも合わせると、クレアは王妃教育で教わる科目のほとんどを履修してしまっている。

別にそれは問題ないのだが、頭を悩ませる先生に申し訳ない気持ちになった。

「クレア嬢はノストン国でもう学ぶことがないからパフィート国へ留学にいらっしゃったのでしょう？」

「ええ、まぁそのようなものですわ」

あまり事情を詳しく話してノストン国への不信感を増すのは得策ではないと判断し、そういうことにしておく。

愛想笑いでごまかすと、彼女はもう一度、そうよね、とため息をついた。

「勉強に関してはパフィート国の方が進んでいるけれど……王妃教育はねえ……。どこも似たようなものだし、ここまで育ちのいいお嬢様に私たちが教えることはないわねえ」

「そうですか……」

（では、どうしたらいいのかしら。かといって、このままではよくないのもわかるわ）

二人で一緒に考え込んでいると、先生はハッと顔を上げた。

「そうだわ。国内外をご訪問なさるのはいかがかしら。教科書で読んだことがあるのと実際に目で見るのは大分違うわ。私もね、大方の淑女教育が終わった後はそうやって過ごしたのですわ」

「国内外を訪問、でしょうか」

「ええ。王妃という立場に収まる前に、ありのままを見ておくのはとてもいいことかと。もちろん、ヴィーク殿下の婚約者というお立場で行っていただくことになるかとは思いますが、それでも見えるものはありますし何より実務的な勉強になりますわ」

（ありのままを見ておく……）

クレアは、普段ヴィークたちと一緒に出かけることが多い。

旅行がてらパフィート国内のあちこちの町に行くことはあるが、そのほとんどは遊びが目的だ。

王妃教育の内容について、この教育係に任命された王妹も悩んでいることを考えると、悪い話ではないのかもしれない。

（そういえば……ヴィークもよく他国を訪問しているわ）

そもそもクレアとヴィークの出会いはノストン国の関所がある街だった。

自由に他国を見て学ぶヴィークの姿を思い出し、腑《ふ》に落ちた気分になる。

（魔力竜巻があるから、訪問する時期は少し後になるかもしれないけれど……前向きに考えるべきだわ）

そうして微笑んだ。

「ありがとうございます。早速ヴィーク殿下に相談してみますわ」

アドレイド・ベイノン侯爵夫人との勉強の場から帰る途中、クレアは同行してくれていたリュイに問いかけてみる。

「他国を見て学ぶって、とてもいいことよね」

「うん。クレアには合っていると思うよ。……もしかして何か心配なことがある？」

「……リュイは本当に勘がいいのね」

少し聞いてみただけなのに、クレアの不安をあっさりキャッチしてくれたリュイはやはりただ者ではないと思う。

「他国での勉強はクレアなら喜びそうだなと思ったけれど……正直なところ、今のクレアは王妃教育よりも『魔力竜巻』のことの方が気になっているんじゃないかと思って」

「実は、その通りなの」

クレアは素直に頷いた。

王妃教育も頑張りたいが、自分がこの世界から消えてしまっては意味がない。

さすがにそこまでを話すわけにはいかないが、できる限り魔力を消費せずに浄化を放つ方法はリュイに相談したいところだった。

クレアの望みを察したように、リュイは意見をくれるらしい。

「うーん……。史上最大規模の魔力竜巻が起きて、それをクレアは浄化するんだよね？」

「ええ。でも、何とかやっと浄化できた、という感じだったみたいだけれど」

「何とか、みたい、って……。以前に『魔力を使い果たした』って言っていたね。もしかしてそのときに魔力切れでも起きた？」

「そうなの。実は私、魔力切れを起こして数日間眠り続けてしまって……。魔法を放った後の記憶がほとんどないの。気がついたら王宮の客間のベッドにいたわ」

「クレアが魔力切れ、か。相当な規模だね。そもそも、魔力竜巻を浄化して消す話もあまり聞いたことがないけれど」

「私、今度は魔力を絶対に切らせたくないのよ。魔法に習熟すれば消費する魔力の量も少なく済むと聞いたことがあるけれど……一度目のときよりは楽に浄化できるとは思うけれど、確実にいきたくて」

以前、クレアの人生が二度目なのだと打ち明けたとき、巻き戻りの引き金となったのは『魔力を使い果たしたこと』だと伝えてはいる。

しかし皆に必要以上の心配をかけたくはなくて、詳しく伝えるのはやめておく。もし話したとしたら、魔力竜巻へは浄化ではない方法で対応を、という話になりかねない。

一度、あのどす黒い空を目の前で見たクレアにとっては、他の方法などありえないというのはわかっていた。

普段は穏やかなクレアが『絶対に』『確実に』と繰り返すのを見て、リュイは不思議そうにしていた。

けれど、真剣な表情で少し考えた後、思いついたように教えてくれた。

「わかった。他国を訪問するのと並行できる、いい案があるよ。まずはヴィークに相談だね」


数日後。

クレアの離宮にお茶を飲みにやってきたヴィークに、クレアは早速切り出した。

「ヴィーク。私、勉強のために他国を訪問をしようかと思うのだけれど」

「……！」

「だ、大丈夫？」

ゴホッ、とらしくない音をたててむせたヴィークは、ティーカップをテーブルに置く。

そして不機嫌そうに眉を寄せた。

「もしかして、クレアはもうこの話を聞いたのか」

「この話……？」

そんなものは全く聞いていない。今日相談するのは、他国への勉強のための訪問と魔力竜巻への対処法だったはずだ。

きょとんとしたクレアに、ヴィークは早とちりだったと察したようだ。

「……いい。こちらの話だ。先にクレアの話を聞こう」

「ありがとう。私、できれば最初の訪問はルピティ王国がいいの。リュイに勧められて、」

「……！」

話を先に譲ってくれたヴィークがもう一度ゴホンゴホンとむせた。

「本当に大丈夫？」

（今日のヴィークはどうしたのかしら……？）

話が読めず首をかしげたクレアの前に、咳が抜け切らないヴィークから無言で一通の手紙が差し出される。

真っ白く、表面にはレースのような模様が張り巡らされ、ひと目で上質な素材でできているとわかる封筒である。

「差出人を見たら、俺の不機嫌の理由がわかる」

クレアはヴィークの言葉のままに、封筒を裏返して見てみた。

そこには『ジルベール・エクトル・ラグランジュ』の署名がある。クレアにも覚えがある名前だった。

「ジルベール様って……この前の王立貴族学院の卒業パーティーでお会いしたルピティ王

国のジルベール殿下のことかしら?」

「ああ。まさかこんな早くに手紙を送ってくるとはな」

「……?」

まるで予期していたような言い方だが、クレアはヴィークが何を意図しているのかわからない。

何も答えられずにいると、ヴィークは自分の髪をくしゃりと乱す。

「ルピティ王国は俺もたまに訪問する。王家同士も付き合いが深く、ジルベール殿下のこともよく知った仲だ」

「そうなの。それで、この手紙には何が書いてあるの?」

「読んでみるといい」

「!?」

拗《す》ねたような言い方にクレアは面食らった。

クレアには本音を見せてくれるヴィークだが、ここまで子どもっぽくあからさまに拗ねるとは、一体何事なのだろうか。

恐る恐る封筒を開けて三枚の便箋を取り出し、手紙に目を通す。

それはヴィーク宛の手紙だった。季節の挨拶や、卒業パーティーでの想い出が軽く綴られた後、書いてあったのは。

――ぜひ、婚約者をルピティ王国に招待させてください

「ええっ？」

目を瞬いたクレアに、ヴィークは頬杖《ほおづえ》姿でつまらなそうに告げてくる。

「おかしいだろう？　しかも、クレア一人でと書いてある。本当にどうかしてると思わないか？」

「た、確かにそうね……」

(この招待は私をヴィークの婚約者とわかった上でのものだもの。ヴィークと一緒でないとおかしいわ)

「俺も、個人的には心底どうかしてると思うんだが、実はこの一部は伝統でもある。無下にはできない」

「……伝統？　パフィート国の王位継承者の婚約者がルピティ王国を訪問することが……？」

「ああ、そうだ」

そんな伝統、ノストン国では聞いたことがなかった。

何のために、と首をかしげるクレアの隣でヴィークはさらに不機嫌さを増す。

「正確には、王族が訪問すること、だな。ただ、一人じゃなくてもいいんだ。二国は以前から縁深い。お互いに、王族はそれぞれの国を訪問して理解を深めるのがしきたりになっている」

「なるほど……。だから、私とヴィークの婚約を知ってこのようなお手紙をくださったのね？」

「にしては早急すぎると思わないか？　タイミングから考えて、ノストン国の王立貴族学院の卒業パーティーで紹介されてすぐ手紙を書いたようにしか思えない」

ヴィークの説明はアドレイド先生の言葉とも一致していた。王妹である彼女も、ルピティ王国を訪問したことがあるのだろう。

そのことを踏まえると、ヴィークが不満そうにしている理由がますますわからなくなってくる。

しかし、クレアにとってはこの招待は願ってもないものだった。

「ヴィーク。私が最初の訪問にルピティ王国を選びたかったのには理由があるの。ずっと気になっていたことをリュイに相談した結果なのよ」

「リュイに？　俺より先にリュイに？」

ヴィークの不満げな表情がさらに濃くなってしまった。

どうやら、クレアから一番に頼ってほしかったらしい。

この表情は冗談だとわかっているものの、誤解をされたくはなくてクレアは慌てる。

「ち、違うの。春の終わりに魔力竜巻があることは知っているでしょう?」

「ああ。クレアが浄化したと話していたアレだな」

「ええ。でも、私一度目のときは魔力切れを起こしてしまったの。浄化した瞬間の記憶がなくて、その後も数日間眠り続けたままだったみたい」

「……それは、他国を訪問している場合ではないな」

さっきまで皆と過ごしているときのように無防備だったヴィークの瞳が、急に鋭くなった。魔力切れの最悪なケースでは、一生目覚めないことすらある。それを心配したからだろう。

けれどクレアの本題はここではない。

「それでね。対処法をリュイに相談したら教えてくれたの。ルピティ王国の騎士団の訓練施設には『魔力が切れない部屋』――、つまり、自分の魔力量を超える魔法が起きない部屋、があるって」

「……なるほど、そういうことか」

察しのいいヴィークは腑に落ちた様子だった。――もっとも、少しだけ不機嫌そうではあるけれど。

それでも次期王太子らしい、理性的な視線を向けてくる。

「あの部屋はパフィート国でも作れなくはないが、時間も費用もかかる。我が国には上位の色の魔力を持つ貴族の数が桁違いで使い道は少なく、今後も作る予定はない。ルピティ王国に行き、魔力切れを起こさずに魔力竜巻を浄化するだけの魔力があるか確かめてこられたら安心だな」

「ええ。だから、王立学校を休んででもルピティ王国を訪問したいの」

「ああ。それがいいだろうな。しかし……」

複雑そうなヴィークにクレアは首をかしげる。

「まだ何か気になることがあるかしら？　私はルピティ王国の魔力が切れない部屋を使いたいし、王妃教育のために他国を訪問して学びたい。そして、ちょうどそのタイミングでジルベール殿下から誘いをいただけた。これ以上ない機会だと思うのだけれど」

「確かにその通りだ。……しかし、ジルベール殿下からの〝クレア一人で〟という誘いがなー……。手紙では〝春が終わらないうちに〟と時期を指定しているのも気になる。俺がルピティ王国を訪問するときは大体が長期休暇だ」

（確かに、春が終わらないうちに、ってどういうことなのかしら）

クレアが気にしている魔力竜巻は春の終わりに起こる。

だから、この誘いは本当にちょうどいい時期に届けられたものだったけれど、ヴィークはそこが引っかかっているらしい。

「しかしなー……」

ため息をつきつつ遠い目をしているヴィークに、聞いてみる。

「ねえ。さっきから気になっていたのだけれど、どうして今日はそんなに頑ななの？　いつもは私が新しいことを始めようとすると応援してくれるのに」

「……。俺が心配だからだ」

「私はそんなに頼りないかしら……？」

クレアを婚約者として他国に出すのが心配だというヴィークの懸念はわからなくもない。

そして、ヴィークなりの違和感や勘が働いているのだということも理解はできる。

けれど、クレアは魔力竜巻の浄化で魔力切れを起こさない方法を探さなくてはいけないし、ここまで反対されてしまうと、はっきりおぼつかないと言われているようで少し悲しい気持ちになってしまう。

沈んだクレアに、ヴィークは慌てて弁解するように首を振った。

「違う、そうじゃない」

「では、どうして？」

「……ジルベール殿下は俺と似ている。一見して人当たりが良いように思えるが、彼が内側に入れる人間は少ない。友好国の王族としては信頼できて頼もしい存在だが――」

わずかに鋭く眇《すが》められた視線がクレアに向けられる。そのままヴィークはほんの少し躊《ため》躇《ら》ってから告げてきた。

「好意を持つ相手も似ているだろう」

「…………好意を、持つ？」

「そう。好意を持つ」

数秒の間の後、クレアはやっと理解する。

「……わ、私に⁉　ジルベール殿下が？　そんなはずはないわ」

「そんなことはある。ノストン国で会ったときも、クレアをかなり気に入っている様子だった。だからこんなふうに早期に手紙を送ってきたのではないかと。警戒するに越したことはないだろう」

「けれど……。そもそも、他国の王族の婚約者に声をおかけになる変わったお方がいらっしゃると思う……？」

「声をかけるかどうかは別として、俺は嫌だ」

あまりにも子どもっぽい言い分に、クレアは目の前のヴィークがまだ自分と同じ一六歳だったことを思い出す。

ヴィークはいつも国や周囲のことを考え、第一王子という肩書きにふさわしい振る舞いしかしない。

だからたまにこういう場面に出くわすとびっくりしてしまう。

（そ、そういうこと……）

クレアは、頬を赤らめて視線をそらすヴィークをまじまじと見つめた。

どうやら、この不機嫌はただのやきもちから来ているらしい。

深刻な理由ではなかったことにほっとしつつ、クレアはくすぐったさが込み上げるのを感じていた。

「ふふっ」

「……何だ。笑うな」

「ヴィークが私のためにたくさんのことをしてくれているって知っているわ。でもね、他の方が同じことをしてくださっても、私が心を傾けることはないと思うの」

クレアはヴィークが自分のために心を尽くしてくれるのを知っている。

けれど、それと同じように、ヴィークの方もクレアが自分たちのために手放すのは耐え難い大切なものを犠牲にしたと知っていた。

ソファの隣同士に座ったクレアとヴィークの視線が交差する。

「……」

「……」

ヴィークがため息をついた後、クレアの頬に手を当て、おでこをコツンとくっつけた。

「……クレア。俺は今、本当にくだらないことを言ってクレアの望みを妨げようとした。

許してくれるか」

決まりの悪そうなヴィークの声色に、クレアはくすりと微笑む。

「ええ、もちろん」

「この招待を受けるならあまり時間がない。すぐに準備を始めないといけないな」

「ええ。王立学校や王妃教育の先生方にもだけれど……レーヌ男爵家にもご相談をしたいわ。その間にイザベラ様のお勉強が滞ってしまうのは申し訳ないけれど」

「レーヌ家への家庭教師なら、最適な代役がいるだろう?」

「えっ?」

ヴィークの腕から抜け出たクレアは首をかしげる。

（そんな方、いらっしゃったかしら）

ちょうどそこに、ロビー側の扉がガチャリと開いてティーセットを持ったディオンが現れた。

トレイには二脚分のティーセットに山盛りのお菓子が載っている。

明らかに二人分でないのは、自分も一緒に食べるつもりだからなのだろう。

（……あ！　そういうことね）

クレアとヴィークの視線に気がついたディオンは無邪気に笑った。

「……ん、僕？　僕、なんかした？」

その日の夜。クレアは不思議な夢を見た。

蛍光灯の白い光に照らされた、見覚えのある部屋だ。

そこには誰もいない。クレアはただ、ガラスに囲まれた空っぽの部屋を俯瞰《ふかん》しているだけだ。

ローテーブルの上には、開きっぱなしになった本がある。

シリーズ最新作まもなく発売、の文字が目立つページの中央には銀髪碧眼《へきがん》の美しい青年が描かれていた。

（きっと……璃子《りこ》なら『顔がいい』って言う気がするわ……）

クスリと微笑んだところで、はたと気がついた。

（この絵の方って、ジルベール殿下、ではないかしら……？）

あの本を手に取って中身を確かめたいが、この部屋はガラスに包まれている。触ることはできない。

目を凝らしてガラスの向こうの文字を読もうとするが、軽いあらすじと彼がメインとなる新作ということだけしかわからなかった。

（〝破滅を迎える国、ルピティ王国の謎を解く新シリーズ〟……？　ヒロインが成り上がるのが醍醐味《だいごみ》だったこれまでのシリーズとは随分大きく違うのね……）

このあまりの統一感のなさ。もし『璃子』だったら激しくツッコミを入れていたのではないか。

そう思ったところで、ガラスの部屋が遠ざかる。

――自分は夢から目覚めるのだ、クレアはそう思った。

ルピティ王国は、ノストン国から遠く離れたところにある。

お隣の大国・パフィートからするとそうでもないらしいが、何せそのパフィート国が広い。広すぎる。

世の中には『扉』というものがあるらしいが、今回それは使わないらしい。おかげで、シャーロットはここにやってくるのに数週間かかってしまった。

王立貴族学院ではそろそろ新学期が始まる時期である。

しかし、ニコラ・ウィンザーに生徒会長の座を乗っ取られた学院にもう未練はない。

シャーロット・マルティーノは意気揚々と新天地での生活を満喫していた。

　ふかふかソファの座り心地を堪能しながら、おろし立てのドレスの肌触りにうっとりと微笑む。

「ルピティ王国って、ノストン国ともパフィート国とも雰囲気が違うのですね！　透明なガラス製の調度が多くて、明るくて大好きですわ！　ドレスもこんなにかわいいし！」

「それはよかった。この国はシャーロット嬢の愛らしい雰囲気にぴったりだと思うな」

　品の良い笑みを浮かべ、シャーロットの向かいでティーカップに口をつけている青年はこの国の第二王子ジルベール・エクトル・ラグランジュだった。

　彼の背後には真っ白いフクロウが止まっていて、琥珀《こはく》色の瞳をギラギラと輝かせている。

「……ア、アイラシイ　フンイキ……」

　そしてフクロウはこんなふうに喋《しゃべ》る。ちなみに、この言葉はものすごく不思議そうに発せられた。シャーロットはこのフクロウが苦手だったが、その他に不満はない。

　ルピティ王国に入って数日。ジルベールの庇護《ひご》の下、シャーロットは王宮の客室で何不自由なく暮らしていた。

「ジルベール様！　私、お買い物がしたいですわ。商人を招いてくれるというお約束はどうなっているのですか？」

「ああ、ごめんね。今日の午後には来ると思うんだけど。……それで、君の白の魔力を使った魔法はいつ見せてくれるのかな？　とっても興味があるんだ」

「！　それは」

シャーロットは、喉に詰まらせかけたクッキーを紅茶で流し込んだ。

これは、この数週間のらりくらりとごまかしはぐらかし続けてきた話題である。

（ジルベール様って、どうして私の白の魔力にこだわるのかしら。まさかもう使えないなんて言えないじゃない！）

ジルベールに誘われ、これ幸いとついてきたものの、どうやらジルベールはシャーロットの白の魔力だけに興味があるようだった。

卒業パーティーの会場で、それなりに大立ち回りをした自覚はある。

けれどこのジルベールは詳細を知らないらしい。そのおかげでここでのシャーロットは手厚くもてなされている。

さすがのシャーロットでも、魔法がろくに使えないことを知られてはまずいのはわかっていた。

となればやっぱり全力でごまかすしかない。

「ふふふっ。滅多なことではお見せできませんわ！　だって特別な力なんですもの」

「そうか。いざというときにだけ見せてくれるんだね？」

「その通りですわ！」

ニコニコとヒロインの微笑みを繰り出すと、ジルベールも王子様らしく笑う。

「ルピティ王国には変わった呪いがかかっているんだ。君がいてくれたら、呪いが解けるかもしれない」

「呪いですかぁ、ふぅん」

その呪いは解けない、とはさすがに言えない。

焦りを隠すように、シャーロットはさらにお菓子を口に入れた。

ポロポロとこぼれたカスを令嬢らしからぬ仕草でぱんぱんっと払うと、ジルベールは見てはいけないものを見てしまったかのようにぎょっとして固まり目を見開く。

けれど、シャーロットは何も気にすることはない。

力は失ったものの、こうして美しい国のイケメンな王子様に拾ってもらえたのだ。

(まだまだこれからよ。きっと、ここからシンデレラストーリーが始まるのだわ！)

シャーロットにとっては、まだ自分はヒロインに違いなかった。

第一五章

パフィート国の王宮、主に王族だけに利用が許されているドローイングルーム。

壁を絵画や芸術品が彩り、白を基調とした調度品は、大きな窓が特徴的なこの部屋をさらに華やかかつ明るく見せてくれている。

これまでに足を踏み入れたことがない場所で、クレアは何とか緊張を堪えていた。

「クレア、緊張してるのか？」

「ええもちろんよ」

張り詰めたものを微塵《みじん》も感じさせないヴィークの声色に、クレアは上品な笑顔を浮かべたまま真っ向から反抗した。

それもそのはずである。今日はクレアとヴィークの婚約式だった。

このドローイングルームには、クレアとヴィークの他にパフィート国の国王夫妻、現マルティーノ公爵家の当主である兄・オスカーが揃っていた。

けれど、誰も会話を交わすことはなく荘厳な雰囲気に包まれている。

クレアは白いロングドレスを身につけ、ヴィークも白い正装に身を包んでいた。

それだけでなく皆が正装をしているのも、またクレアの緊張を高まらせる。

ただ、これでもましな方だった。

本来であれば、王族の婚約式といえば、結婚式ほどとは言わなくとも国内の貴族を集めた華やかな催しになるらしい。準備にも大層な期間を要し、こんなふうに気軽に行われるものではない。

しかし、今回はパフィート国王の強い希望により身内だけでの調印・食事会を婚約式に変えることになった。

『二人ともまだ一六歳。本分は王立学校での学生生活である。過ぎた華やかさは必要ない。派手な結婚式を挙げたければ、あと数年は我慢しなさい』という理由によるものだったが、ヴィークに言わせるとそれは『苦しすぎる言い訳』らしい。

本当は、ノストン国からの留学生ながらも婚約者に納まったクレアへの不満を少しでも抑えるためのもののようだ。

その気遣いにクレアの心は温かくなって幸せを感じる。

（当然だわ。だって、パフィート国の方々からしたら私はよそ者なのだもの）

クレアも国王夫妻が自分を歓迎してくれていることすら不思議だった。けれど、二人はクレアを本当の娘のようにかわいがってくれる。

それを見ていると、ヴィークがどれだけ信頼されているのか一目瞭然だった。

自分たちの自慢の息子である次期王太子が妙な相手を選ぶはずがない、ということなのだろう。

（ヴィークって、やっぱりすごいわ……）

普段、側近たちとじゃれ合い、つい最近ではクレアにやきもちを焼いた彼とは全く別人である。

それだけ、自分に心を許してくれているということを思ってうれしくなる。

「ここに婚約宣誓書があります。二人は前へ」

立会人の言葉に、クレアはしずしずと進み出た。

窓際の白いデスクの上に置かれているのは、婚約に関する条項を書き連ねた紙と、儀式専用の羽根ペンだった。

一度目の人生でも、ノストン国を訪問する前に婚約宣誓書を書いた記憶がある。

そのときは自分には立ち会ってくれる身内は一人もいなかった。

けれど、今は兄のオスカーが立ち会ってくれていて、これ以上の幸せはない。

ちなみに、本当は叔母である聖女・アンも来たいと言ってくれていたが、それならばいつか結婚式の方に来てほしいとクレアは断った。

ノストン国でただ一人の聖女を、私的すぎる理由で呼び寄せるわけにはいかない。

「条項を読み上げた上で、ご署名を」

革張りの台紙に広げられた紙が目の前に置かれた。

そこへヴィークが先にサインし、次にクレアも書く。後戻りをするつもりはわずかすらもないが、それでも文字が震えないように緊張に堪える。

「緊張しているようには見えないな。さすがだ」

「……もう。大丈夫だわ」

クレアとヴィークの会話に、国王夫妻がくすりと笑い合った気配がする。そうして、厳かだったムードに少し笑みが差す。

こんなふうなやり取りをいつかもしたな、と思いながら、クレアは何とか婚約式を終えたのだった。


婚約式の後には晩餐会《ばんさん》が催された。

案の定、話題になるのは脱走して姿をくらませてしまったシャーロットのことである。

オスカーは食事の手を止め、パフィート国王夫妻とヴィークに向かい頭を下げた。

「妹・シャーロットは見つかっていません。手は尽くしているのですが……あのようなことになり、本当に申し訳なく」

「オスカー殿、謝る必要はない。ただ、こちらでも捜索はしているが……もし見つからなかったとしても彼女には魔法がほとんど使えない。罪を償わせることができないのは兄として心苦しいかもしれないが、誰かに危害を与えることはないのは不幸中の幸いだろう」

「ヴィーク殿下……お心遣い、本当に痛み入ります」

神妙な顔をして、オスカーは俯《うつむ》いたままである。

王立貴族学院の卒業パーティーに関わり、シャーロットが引き起こした一連の事件の処分はノストン国に委ねられた。

シャーロットに洗脳され正しい判断ができなかったマルティーノ公爵家は代替わりを要求され、当主は兄のオスカーになった。

クレアの父は長く暮らした王都を出て、領地のカントリーハウスでひっそりと暮らしているらしい。

家の信頼を取り戻し、新たに光を与えることが急務となっているマルティーノ公爵家の新しい当主・オスカーは続けた。

「シャーロットについては廃嫡するつもりではありますが、まずは見つかったらノストン国の北部にある修道院へ行かせることを考えています」

「修道院？」

怪訝《けげん》そうな表情をしたヴィークが食事の手を止めた。

パフィート国の修道院にはそういった役割がないので意外だったのだろう。

「その修道院は、罪人の更生も担う場所です。牢《ろう》へ入れるのではなく、長い時間をかけて犯した罪の大きさをわからせるべきだと」

「なるほど。あのシャーロットを見ていると、外との繋がりがなくなることが一番の地獄だろうしな」

「はい。まずは妹を見つけることの方が先とは存じますが」

兄オスカーは、おめでたい席のはずなのに顔を青くして妙な汗をかいていた。その気持ちはよくわかるし、クレアも兄を味方する立場として見守ってはいる。

しかしシャーロットを修道院に任せるという点についてだけは、どうしても賛同できずにいた。

（私はシャーロットと何度も話をしたけれど……白の魔力を失ったとしても、反省して行いをあらためるようには思えないのよね）

シャーロットは息をするように悪さをし、犯した罪の全てに罪悪感を持たず、自分は悪くないと信じている。

神への誓いを立て、あらゆるものの幸せを祈る修道院での生活は果たしてシャーロットに響くのだろうか。

そんなことを考えて暗くなっていると、ヴィークがシャーロットの行方《ゆくえ》について言及した。

「ここのところ考えていたのだが……シャーロット嬢は、もしかしたらノストン国内にはいない可能性もあるかと」

初めて聞く推測にクレアは目を丸くする。

「ヴィーク、どういうこと？」

「これだけ捜しても見つからないのは不自然だ。あの彼女が裏社会に落ちて生きていくとは思えない。となると、次なる可能性は扉を使わない形での他国への出国だ」

「確かにその通りね」

ヴィークの意図はクレアにもすぐにわかった。例えば、国交のあるパフィート国とノストン国の間では国境を越える特別な手続きは必要ない。

もし誰かに手伝ってもらっていたら、誰にも見つからずに国境を越えることなどわけないだろう。

（シャーロットがこちら側……パフィート国に逃げている可能性もあるということね）

兄オスカーがシャーロットの更生場所として考えているのは、クレアが一度目の人生で保護してもらうつもりだった修道院である。

結局、ヴィークたちに出会ったためそちらには行かなかったのだが、このままいくと、シャーロットはクレアが一度目で送るはずだった人生を歩むのかもしれない。

（もちろん、立場は大きく違うのだけれどね）

別に、義妹が憎くてひどい目に遭ってほしいわけではない。

けれどこれ以上、傷つき人生を変えられてしまう人間が出ませんように。

婚約式後の晩餐会の会話としては重すぎる話題の中を泳ぎながら、クレアは息を吐いたのだった。

❦ ❦ ❦

そうしてまもなく春の終わりが近づいてきた頃、クレアはルピティ王国へ出発することになった。

滞在は一週間ほどで、移動に少し時間はかかるもののほとんど旅行と変わりないスケジュールである。

ルピティ王国までは最寄りの国境の町まで『扉』を使い、そこから馬車で国内を移動することになった。

今回、クレアに同行してくれるのはディオンではなくリュイだった。馬車の中から外の様子を窺いつつ、手元の資料で予定を確認している。

「クレア、まもなくルピティ王国の王都・シャルドーに到着するね。着いたらすぐにジルベール殿下が歓迎のお茶会を開きたいそうだよ。その後、王城内の案内を受けてから晩餐会に招待されてる。明日は同じ年頃の令嬢方とのお茶会。明後日はまた別の貴族の方とのお茶会。ドニが喜びそうなお茶会地獄だね」

「…………」

お茶会地獄はさておき、リュイがいつもヴィークをこうして補佐しているのは知っていたが、それがいざ自分に向けられてみると不思議な気持ちになる。

「クレア?」

「ごめんなさい。何だか慣れなくて」

「そうだよね」

そう答えて手元のスケジュールをしまい込んだリュイの笑顔に、ほっとする。

一人での隣国訪問で緊張しているものの、リュイが一緒なら問題ないと思えてしまう。

「本当に一人でもよかったのだけれど……さすがにそういうわけにはいかなくて。一緒に来てくれてありがとう、リュイ」

「護衛という意味で言ったら、本当はクレアにはお供は必要ないからね」

「私の身の回りのことも手伝ってくれる護衛騎士、となるとリュイしかいなかったのよね」

「クレアは翌日の予定に文句を言わないから助かるよ。国に戻ってからも、ずっとクレアの護衛をしていたいぐらい」

文句を言う相手が誰なのか察して、二人で笑い合う。

「でも、リュイと二人で隣国までお出かけだと思ったら楽しいわ」

「私も。しばらく楽をさせてもらおうかな。――まぁ、その手のかかる相手が『魔力が切れない部屋』を借りる許可を取ってくれたんだけどね」

「そうね。ヴィークには本当に感謝しかないわ」

クレアのルピティ王国行きが決まってすぐ、ヴィークは正式なルートを通じてルピティ王国の騎士団の施設を使用する許可を取ってくれた。

これで、望み通りクレアは魔力切れせずに魔力竜巻を浄化する実験をすることができる。

(魔力竜巻への対策も、王妃教育も順調なはず。よかった)

旅路は順調である。


車窓を眺めつつリュイとの会話を楽しんでいるうちに、ルピティ王国の王都・シャルドーの王城に到着した。

目の前に広がるのは、異国の王城。

馬車から降りて、さっきまで窓の外に見えていた街の景色をそのまま含んだような佇《たたず》まいにクレアは嘆息する。

「わぁ……！　昔から本などで目にするたび思っていたことなのだけれど……ルピティ王国って、とっても不思議な雰囲気の国よね」

「だね。ガラス細工があちこちに使われていて、かわいらしい、というか、現実味に欠けるイメージがあるね」

「ええ。まるで……乙女、」

そこまで口にしたところで、クレアはハッと口を噤む。

(私は今何を言おうとした……?)

――乙女ゲームの世界みたい。

今、自分が堪えたのはこんな言葉だったのではないか。

普段閉じている頭の中の引き出しは、こんなふうに突然開くことがある。

あの部屋に行くときは必ず何か因果関係があったけれど、記憶が蘇るのは不規則。友人たちにここを作り物だと見る世界があるなんて知らせたくはない。

普通ならそんな話をしても信じないのが当然だが、クレアが二度目の人生を送っているという時点で彼らにとっては想像を超えるのだ。あっさり信じてしまう可能性は大いにある。だから、絶対に口にしてはいけなかった。

「クレア? どうかした?」

「ううん。何でもないの」

(用心するに越したことはないわ)

言いかけた言葉を何とか誤魔化したところで、クレアの前に立ったのはルピティ王国の国王陛下だった。

「クレア・マルティーノ嬢だね。よく来てくれた。遠路はるばるお疲れだろう? すぐに部屋へ案内させようね」

威厳を感じさせつつも気さくで柔らかい物言いは、ノストン国やパフィート国の国王とは全く違ったものである。

これまで接したことがある国家君主にはなかったイメージの国王に、クレアは目を瞬いた。

「国王陛下。クレア・マルティーノと申します。このたびはこのような機会を与えていただき、大変ありがたく感謝しております」

「我が国とパフィート国との間でこのような行き来があるのは、本当に特別でありがたいことだからね。騎士団の訓練施設も含めてよく見ていくといい。クレア嬢の案内は第二王子のジルベールが担当するそうだ。仲良くしてやってくれ」

「身に余る厚遇、感謝申し上げます」

温かい言葉をかけられてほっとしていると、少し離れた場所に見覚えのある青年が現れた。

月の光を紡いだような美しいプラチナブロンドに、涼しげながらも深みを帯びた碧《あお》い瞳。

正装に近い格好をしているのは、クレアを出迎えるためなのだろう。

彼がこちらに向かってくるのを認めて、クレアは淑女の礼をする。

「ジルベール殿下。クレア・マルティーノと申します。お出迎えいただき感謝申し上げます」

「……――っ」

丁寧に挨拶をしたクレアに、ジルベールは口元を抑えて固まった。なぜか瞳が潤んでいて、感極まった様子である。

どこからどう見てもおかしい。一体どうしたというのだろうか。

誰かのフォローがほしいところだったが、つい先ほど挨拶したばかりの国王陛下は既に去ってしまった後である。

「あの……？」

意味がわからないものの、とりあえず問いかけてみたところで、ジルベールではない甘ったるい声が返ってきた。

その声は大理石の床とガラスの調度品に跳ね返って響き渡り、増幅して聞こえる。

「ジルベール様——！　どこにいるのですか！」

(——この声は)

まさかの予感に、クレアは息を呑んだ。

「シャーロット……⁉」

「おっ……⁉　お、くっ、く、クレアお姉様……⁉」

柱の陰から走ってきて、クレアの姿に顔を引きつらせ叫んだのは、マルティーノ公爵家が血眼になって探している妹、シャーロットだった。

クレアが見たことのない上質なドレスを身につけ、ふわふわのロングヘアは一部を編み込んで髪飾りをつけている。

決して逃走生活を送っているわけではなく、贅沢《ぜいたく》をして暮らしているのは一目瞭然だった。

そしてこちらを指差し、薔薇《ばら》色の唇をはくはくとさせている。

「なっ……なんっ……」

「シャーロットこそ、ここで何をしているの？　どうしてここにいるの？　あなたが逃げたことでお兄様がどんな思いをしているのか……！」

そこで絶句したクレアの様子を見て、シャーロットは落ち着きを取り戻したようだった。

ジルベールの背後に体を半分だけ隠し、上目遣いでこちらを見るとニコリと微笑んだ。

ふわふわの髪が大理石の白い床に影を作っている。

「私、招待されたんです、ジルベール様に」

「ジルベール殿下に……？」

「そうですわ！　脱走した後お庭を散歩していたら、声をかけてくださって。ちょうどここに行こうか迷っていたところだったので、ついてきたのですわ！」

「…………」

「そうしたら、こんなに素敵な国に着いたんです！　ルピティ王国って、あんまり聞いたことがなかったですが素敵なところですよね！　私、一生ここに住みたいですぅ」

「…………」

能天気すぎるシャーロットから次々に発せられる情報に、クレアの思考回路は固まったままだ。

しかもシャーロットの言葉をそのまま信じるとすると、どうやらこの脱走はジルベールの手引きによるものらしい。

(信じられないわ……なぜこんなことに。そして、どうしてこんなに気楽でいられるの。とにかくすぐにお兄様やヴィークに連絡をしないと)

隣のリュイに目配せをする。どうやら同じことを考えていたらしく、神妙な顔ですぐに頷いてくれた。

しかし、考えが伝わったのはリュイだけではなかった。

「待ってもらえるかな」

「……」

一歩歩み出たジルベールにリュイが警戒を高めたのがわかる。クレアはそれを制すると、できるだけ穏やかに聞き返した。

「ジルベール殿下、何を待てばいいのでしょうか」

「クレア嬢はシャーロット嬢の居場所を家に知らせたいのでしょう? だが、彼女は、いざというときの最終手段の一つです。春が終わるまでは国に帰すわけにはいかない」

「どのような理由があるのかはわかりませんが、シャーロットは他国の王族に白の魔法を放った犯罪者です。ご希望に沿うことはできませんわ」

「……他国の王族に白の魔法を……？」

クレアの言葉を復唱したジルベールはなぜか声を弾ませた。その反応からは、その事実を初めて知ったということが窺える。

（そうだわ。ジルベール殿下は王立貴族学院の卒業パーティーにいらっしゃったけれど、招待客だったわ。私たちに向けて白の魔法を使ったところを見なかったのね）

シャーロットのことは、取り逃がしたことまで含めて内々で処理されている。ジルベールが知らなくても無理はない。

クレアの推測を証明するように、ジルベールは無邪気に笑った。

「すごいね。シャーロット嬢はやはり有数の魔法の使い手なのか。クレア嬢と協力すれば、この国の呪いが確実に解ける気がしてきたぞ」

「おっしゃる意味がわかりません。大体にして、シャーロットの魔力は……、」

パフィート国のある一族が持つ特別な魔法によって失われた、とクレアが続けようとしたとき。

「あーあーあーあー！」

「!?　シャーロット、何を……？」

甲高い声を上げて割り込んできたシャーロットに、クレアは目を瞬いた。

けれど、シャーロットはクレアの質問を無視すると脇目も振らずジルベールの腕を掴む。

「も、もう。ジルベール様、前にもおっしゃっていましたがルピティ王国にかけられた呪いって何ですか？　私がいると呪いが解けるんですよね？　じゃあ、私がここにいることを内緒にしてくださいますよね？」

「時と場合によるかな。私の計画に協力してくれるなら内緒にするよ？」

「よかったぁ。じゃあ、ジルベール様は私の味方ですね！　ということで、クレア・マルティーノを魔法の使えない部屋に！　だって、知らせを出されたら困りますもの」

（！）

まさかのお願いにクレアは絶句した。あれだけのことをしでかしておいて、わずかすらも反省をしていないらしい。

けれど意外なことに、ジルベールはシャーロットに同意しなかった。

「だけど、ちょっとそれはできないかな」

「ええ？　それは困りますわ！」

「大丈夫だよ。シャーロット嬢の悪いようにはしないから。……それより、今から大事な話をするから、君は向こうに行っていてくれるかな？　あ、そろそろ商人が来ると思うな。宝石と新しいドレスをたくさん見せてくれると言っていたよ」

「本当ですかぁ。……では私はお買い物タイムを楽しんでいますわ。くれぐれも、私がここにいることは内緒にしてくださいませ！」

歌うように言い捨てると、シャーロットは短めの丈のスカートを翻し、走って王宮内へ消えてしまった。

（何てこと……どうしてこんなことになっているの。この様子では、パフィート国経由で正式に手を回してもらうしかない）

すぐにシャーロットの腕を摑まなければいけなかったのに、クレアは呆然として動けなかった。

あえてここではシャーロットを捕まえず、ジルベールとの会話を選んだらしいリュイが冷静に告げる。

「わかっておいでと思いますが、クレア様はヴィーク殿下の大切なお方です。シャーロット嬢の言いなりになり、何かあったらただでは済みませんが」

「だろうね」

「失礼を承知で申し上げますが、とてもわかっているようには見えません」

顔色ひとつ変えていないリュイだが、ここでクレアの護衛は彼女一人である。何かあってはいけないし、それこそ大ごとに発展してしまう。

（ジルベール殿下がシャーロットを匿《かくま》って優遇する理由はひとつ。白の魔法が使えること、

なんだわ）

何のために上位の色を持つ人間を集めているのかはわからないが、まずは誤解を解かなくてはいけない。そうして、敵対する関係を何とかしなくては。

静かに火花を散らすリュイとジルベールの間に、クレアはするりと入り込んだ。

「ジルベール殿下。大きな誤解があるようですわ」

「何かな？　シャーロット嬢をこの国から出すつもりはないよ。あなたたちが何を言っても無駄なんだ。正式なルートを使ってでも、春が終わるまでのあと数週間はこの国に留《とど》められるよう申し入れをするつもりでいる」

「シャーロットを守っておいでなのは、魔法に関わることでしょうか」

「ごめんね。いくらクレア嬢であっても、詳細は話せないんだ。何が起こるかわからないからね。僕は知っているルートをたどりたい」

（話が嚙み合わないわ……）

ぱちぱちと瞬いたクレアはどっと疲れた。

このジルベールという人間はシャーロットの脱走を手助けした。にもかかわらず、悪さを企《たくら》んでいるように思えないのは一体どういうことなのか。

けれどとにかく、まずは事実を伝えなければいけない。ふわふわとした会話を避けて、端的に。

「ジルベール殿下。シャーロットの白の魔力は無効化されています」

「そう、シャーロット嬢は白の魔力を持つ有数の魔法の使い手……って、」

「その魔力が無効化されているのです」

「…………は？　え？　……えっ？」

碧い瞳は見開かれ、完璧な笑みを浮かべていた唇はぽかんと開いた。

ジルベールの整った顔立ちに不思議な間抜けさが滲み、隣のリュイが噴き出すのを真顔で堪えている気配がする。

どうやら、『白の魔力を持っているからシャーロットは匿われ優遇されている』というクレアの予想はほぼ当たっていたらしい。

呆然としているジルベールに向け、クレアは丁寧に説明してみせる。

「パフィート国には、ある一族だけに許される特別な魔法があります。その魔法によってシャーロットは魔法が使えなくなりました。友人や家族だけでなく王族までを意のままに操ろうとしたからです」

「嘘だろう、……待ってくれ。そんなこと、シャーロット嬢は一言も、」

狼狽えるジルベールを見たリュイがぼそりと呟く。

「脱走中の犯罪者がそんなこと正直に話すわけないじゃない。馬鹿なの？」

「本当に待ってくれ。……そうだ。言われてみれば、シャーロット嬢は一度も自分の魔法を使っていない……。加護も違う人間がかけて……。特別だからこそだと思っていたが……」

真っ青になってフラフラとくずおれたジルベールに、クレアは追い打ちをかけた。

「ジルベール殿下。ここでは何が起きるかわかりませんので、私たちは外交儀礼を破らせていただきます」

「え?」

「シャーロットを匿っているこの場所で何かあったら大ごとになります。そうならないためにも、加護をかけることをお許しください」

呆然とするジルベールの前で、クレアは精霊への言葉を唱え加護をかけた。

手のひらからキラキラとした光が溢《あふ》れて、体を包み込んでいく。

「す、すごい……! これが、クレア嬢の魔法……!」

「滞在中、私たちはこのように加護をかけさせていただきます。また、今あったこともノストン国・パフィート国の両方に報告をいたしますわ」

「……ああ……好きにしてくれ……」

がっくりと落胆したジルベールには、さっきまでの覇気はない。

(出発する前、ヴィークはジルベール殿下と自分が似ていると言っていたけれど……全然似ていないような……)

顔を引きつらせて佇むクレアの耳元でリュイが囁いた。

「クレア。私も多分今同じことを思ってる。むしろ、ヴィークに人を見る目があると思っていたここ数年間の自分を恥じてる」

「…………」

ヴィークの恋人であるクレアには何とも答え難いところであるが、今のところ否定できないのが悲しい。

一方、座り込み落ち込んでいたジルベールはリュイをまじまじと見つめると立ち上がり、何かを思いついたように手をぱんと叩《たた》いた。

「さっきから、随分と物おじしない侍女だと思っていた。そうだ。あなたの名前はソフィーだろう?」

「いいえ。名乗り遅れまして申し訳ございません。私はリュイ・クラークと申します。普段はパフィート国第一王子ヴィーク殿下付きの護衛騎士をしておりますが、今回はクレア様に同行しております」

「!? な、何だそれは……!?」

せっかく持ち直しかけていたジルベールの美しい顔が崩れ、またもぽかんとした間抜けな表情になる。

しかし、リュイはその間抜け顔を前に涼しげに言い放つ。

「こちらこそ、ジルベール殿下がおっしゃる意味がわかりません。私はこの王宮へ来たのは初めてですが、どうして名前を決めつけられなくてはいけないのでしょう」

「そ……っ、それは、」

正論でしかなかったが、今はそれ以上に気になることがある。それは。

（ソフィー、って……どうして知っているの）

つい数秒前、ジルベールが口にしたのはクレア付きの侍女の名前だった。

一度目の人生では王立貴族学園の寮で暮らす間にいつの間にか解雇されてしまったが、二度目の人生では留学先にまでついてきてクレアの身の回りを世話してくれている。

クレアが幼い頃から変わらずに心を許せる相手でもあるそのソフィーの名を、どう考えても彼が知っているはずがないのだ。

（この違和感は何なのかしら。すごく引っかかる……ような……）

けれど、その答えはクレアが問いかけられる前にジルベール本人の口から明かされた。

「おかしいな。ヒロイン、クレア・マルティーノが連れてくる侍女の名前はソフィーでなかったか。しかも、その侍女が護衛騎士でサブキャラ並みの美人になっている」

「何をおっしゃっているのか意味がわかりませんが」

（……！）

リュイが半分キレた声色でジルベールに聞き返したが、クレアは愕然として動けない。

（……ヒロイン？　サブキャラ？）

聞き覚えのある言葉が頭の中の引き出しを開けていく。

（この方……私と同じように向こうの世界を知っているんだわ……！）

この前、夢で見たガラスの向こうの部屋。魔力を使い果たしたときに飛んでしまうあの世界を知っているのは、クレアだけではないらしい。

混乱して何も話せないでいるクレアの耳に、バサバサという羽音が届く。

そちらへと視線を移すと、白いフクロウが飛んできてジルベールの肩に止まった。そして、クレアに話しかけてきた。

「ヨウコソ」

「……お、お邪魔いたします……？」

「シンシリーズノ　マスコット　プウチャン　デス」

「……『プウチャン』？」

ついつられて挨拶を交わしてしまったものの、意味がわからない。

「サイキンハ　モフモフガ　ダイジ。ジュウナンニ　トリイレル」

「……はい……？」

クレアがプウチャンからの挨拶に呆気《あっけ》に取られている一方で、ジルベールは落ち着きを取り戻した様子である。

「よし、気持ちを切り替えよう。ピンチこそチャンスなんだ。姉ちゃんも言っていた。今回の日程は一週間の予定だろう？　しかし、クレア嬢の希望で滞在はもっと延びることになるだろう」

「……私は予定を変更するつもりはありませんわ」

クレアの返答に、ジルベールはニヤリと笑った。

「ルピティ王国第二王子の名において、シャーロット嬢を引き渡さないと言ってもかな？」

「！」

シャーロットが交渉カードだと示すジルベールに、クレアは警戒感を強める。

けれど、ジルベールはそんなことお構いなしに白いフクロウの『プウチャン』を撫《な》でつつ、上機嫌で笑った。

「このプウチャンはクレア嬢がここに来るのをずっと待っていたんだよ。ヒロインが来なければ、この世界は始まらないからね」

「ジルベール　キガルニ　サワルナ」

ただ、プウチャンはものすごく嫌そうだったけれど。

「あ。リュイ・クラークって、シリーズ一作目に出てきたヴィーク殿下の護衛か」

クレアたちを滞在用の客間へ案内し終え、自室で手紙を書いていたジルベールは、唐突に降りてきた答えにポンと膝を叩いた。

「思い出した。卒業パーティーのスチルに少し出てきて、ファンディスクにも名前ありで登場したわりと人気のあるキャラだったような。ゲームでは、クレアの侍女・ソフィーは頼り甲斐《がい》ある味方だったが……ただのバグでこんなに変わるものか？　まぁいいか」

机の引き出しから鍵付きのノートを取り出し、今思い出した記憶を詳細に記していく。

こうして過ごすようになって、彼の中では数年以上が経過していた。

ジルベール・エクトル・ラグランジュは異世界の記憶を持つ転生者である。その人生で、ジルベールは『乙女ゲームオタク』の姉を持つ高校生だった。

ちなみに、前世での最後の記憶は階段から足を滑らせたシーン。きっと、そのまま転げ落ちて短い生涯を終えたのだと思っている。

彼に姉が夢中になっているゲームに興味はなかったが、弟というのは悲しい生き物だ。姉が一人で夜通しゲームをするのが寂しいというたったそれだけの理由で徹夜で付き合わされたことが何度もある。

おかげでこのゲームにはすっかり詳しくなってしまっていた。

ただ、ジルベールがプレイを鑑賞させられていたのはシリーズ最新作だけである。

一体どういうことなのか、大人気を博したせいで悪役令嬢的ポジションからヒロインに格上げされたクレア・マルティーノのことは詳しく知らない。

ルピティ王国の第二王子として生まれたジルベールに異変が起きたのは、一四歳のときだった。

ある日、頭を打ったのをきっかけに前世の記憶が蘇ったのだ。

ここは乙女ゲームの世界で、自分は攻略対象者の一人。

普通なら受け入れ難い事実かもしれないが、ジルベールは意外とあっさり受容し、この世界に馴染んで生きてきた。

ただひとつ、このゲームのヒロイン『クレア』が留学してこないことだけは気になったが、一八歳になってゲームが始まる頃になればその問題は解決するだろうと思った。

けれど、一度目の人生、ヒロインは現れなかった。わけがわからないでいるうちに、ジルベールは死んだ。多分国も失われた。

二度目の人生、気がついたら頭を打って倒れていた。一四歳に戻ったことに驚愕しつつヒロインの登場を待ったが、やっぱり現れなかった。前回の人生で死んだ記憶が強烈だったので、死なないように頑張った。でも死んで、また国は失われた。

やっと、三度目の人生でこの国には呪いのようなものがかけられていることに気がつく。

そして、その呪いを解くには、自分――『ジルベールルート』のハッピーエンドにたどり着く必要があると思い至った。

過去二回の失敗を踏まえて、ジルベールはヒロインであるクレア・マルティーノを探し当て、迎えに行ったのだ。

「まぁいいさ。やっとヒロインがこの世界に現れてくれたんだ。私が目指すのは、無事クレアに攻略されてこの世界を救うハッピーエンドだけだ」

姉のゲームを見ていたから『第二王子・ジルベールルート』でどんなイベントが起きるのかはわかりきっている。

「私は、全力でクレアに攻略されにいく。バッドエンドどころか、ノーマルエンドも許さないぞ」

「ジルベール　ポンコツ。ソンナニ　ウマクイク　ハズナイダロ？」

「……うるさいな」

「シャーロット　ツレテキタノ　マチガイ。マホウ　ツカエナイト　イミナイ」

「それは……。ほら、あれだ。シャーロットはクレア嬢をこの国に引き留めるのに役立つだろう？　クレア嬢には春が終わるまでここにいてもらわないといけないんだから」

「ソンナコトシタラ　ヴィークデンカガ　ユルサナイ」

「クレア嬢の意思でなら問題ない。つまり、私とハッピーエンドを迎えれば何とでもなるだろう」

「ジルベール　ポンコツ　ハッピーエンドハ　ムリ」

「くそっ……全然応援してくれない……。プウチャンがマスコットキャラクターってどんな冗談だよ……！」

それでも、棚の上で翼をバサバサとさせるプウチャンに向かい口から漏れるのは安堵《あんど》のため息である。

これまでジルベールの前にはヒロインが登場しなかった。乙女ゲームの世界に転生したはずなのに、ヒロインが不在なのはおかしすぎる。そのことにやっと気がついたのは二回目の人生のとき。

ヒロイン不在という致命的なバグが起きた世界なのだと思えばそれまでだ。

しかし、いつしか一人の人間としてこの世界を生き国を愛するようになったジルベールにとって、この国を待つ未来がつらかった。

今回はそれがなくなるのだ。

ノートに鍵をかけ、机にしまい込んだジルベールは決意を新たにする。

「……やっとヒロインを探し当てて迎え入れられた。今度こそ、呪われたこの国を救わなければ」

「ジルベール　ポンコツ」

「う、うるさい、黙っていろ」

第一六章

翌朝。カーテンの隙間から差し込んだ朝の光を見つめた後、クレアはため息をついて寝返りを打った。

見慣れない調度品に囲まれた王宮内の客室。

居室へと続く扉が開く気配がして、リュイの声がした。

「クレア、起きてる？」

「ええ、一応……」

「全然眠れなかったって顔してるね」

「リュイはすっきりしているのね」

「うん。慣れてるし、いざというときに動けなくなるから」

リュイはとっくに身支度を済ませ、クレアを手伝いに来てくれたらしい。

(リュイの言う通りだわ。私は何のためにここに来たの……！)

いつでも冷静で表情を変えないリュイを前に、落ち込んでいた心が奮起する。

ルピティ王国に来たのは王妃教育の一環だ。シャーロットを見つけてノストン国に送り返すことが目的ではない。

（シャーロットを送り返すこともだけれど、予定されていることはきちんとこなして学ばないと。それに、魔力竜巻の浄化の実験はさらに大事だわ）

傍若無人な振る舞いをするシャーロットの存在は心配でしかないが、ジルベールが保護している以上、クレアだけで対処できる範囲を超えていた。

まずは自分にできることを、とクレアは背筋を伸ばしてお茶会用のドレスに着替える。

滞在中に着用するドレス類は、ヴィークが婚約者として贈ってくれたものだった。

昼のお茶会にぴったりの爽やかなものから、夜会用の華やかかつ大人っぽいデザインのものまで、たくさんのドレスがクローゼットにかけられている。

（このドレスを仕立てて選ぶとき……ヴィークはとても心配そうだったのよね）

ヴィークはジルベールへの焼きもちを反省はしたものの、ルピティ王国に自分が同行できないことに最後まで不満を持っている様子だった。

その勘のようなものは当たっていたのだろう。

まさかシャーロットがルピティ王国内に入り込んでいるとまではさすがに予想外ではあっただろうけれど。

こっそりヴィークから借りている懐中時計を取り出して、針が刻む音を聞く。

規則正しい音に心が落ち着いてくる気がした。

（うん、大丈夫。しっかりしなきゃ）

ドレスのリボンを結び終えたクレアはリュイに問いかける。

「ヴィークに送った手紙に返事はあった？」

「まだ来てないね。ことがことだし、国王陛下と対応を協議してからの返事になると思うよ。もしかしたらノストン国へも相談しているかもね」

昨日、リュイはパフィート国とマルティーノ公爵家それぞれに手紙を出してくれていた。リュイの返答では、返事が来るまでにはまだ時間がかかりそうである。

（何か動くにしても、ヴィークの答えを待つべきだわ）

身支度と朝食を終えたところで、扉が叩かれた。

様子を見に行ってくれたリュイの案内で居室スペースに現れたのは、ジルベールだった。

「クレア嬢。一日目の朝のご気分はどうかな」

「おかげさまで」

形ばかりの微笑みを浮かべたクレアに『最悪です』とまで答える度胸はない。

というか、答えなくてもリュイが発するピリピリとした空気で察してほしいところである。

けれど、ジルベールは全く空気を読んでくれなかった。

「クレア嬢。今日のお茶会には、私も参加することにしたんだ。一緒に過ごせるのが楽しみだな」

「……ジルベール殿下が、でしょうか。予定ではこの国の有力貴族のご令嬢方とご一緒すると伺っておりましたが」

「テーブルに空きがあるようだったから、私もぜひクレア嬢と親睦を深めたいと思ってね。ではまた午後に。とても楽しみだ」

「シャーロットはどうしているのでしょうか。魔法が使えないことはわかっていますが、ここでまた脱走をされては大変なことになりますわ」

「ああ、彼女でしたら居場所を把握できる魔法道具を付け、この王宮内の客室でのんびり過ごしているかな」

それならすぐにこちらに引き渡してくれればいいものを、と顔をしかめたクレアに、ジルベールは温度のない笑みで続けた。

「春の終わりまでもうすぐだ。私たちの関係は友人ではなく友好国の未来を担う者同士だ。できるだけ可及的速やかに、関係を築こう」

「……！」

わけのわからない言葉で誤魔化されたが、とりあえずジルベールはクレアの言葉を聞き入れてくれるつもりはないらしい。

言いたいことだけを言い、ジルベールは楽しげに部屋を出ていく。そこで、何か白いものがひらりと落ちた。

「あの」

クレアは呼び止めようとしたものの、ジルベールは気がつかず行ってしまった。

「これは何かしら……？」

床に落ちているのは折り畳まれた紙である。

クレアはそれを拾って広げてみた。

メモにしか見えないが、もし仮に重要なものであればすぐに追いかけなくてはいけない。

ノートを破り取ったようないびつな形のメモ用紙には、不思議なことが書いてあった。


〜〜〜

初対面のお茶会イベント、クレアに好きな紅茶を聞かれたらフルーツティーと答える、好感度アップ

〜〜〜


「好きな紅茶を聞かれたらフルーツティーと答える……？　好感度アップ……？」

メモを読み上げて首をかしげたクレアの横から、リュイも不思議そうに覗き込む。

「何これ」

「ジルベール殿下が落としていかれたの。きっと落としたことにお気づきになっていないと思うわ」

「ふぅん。クレアと話したいことリストかな。念のため、これもヴィークに送っておくね」

「え、ええ……」

ジルベールに申し訳ない気もしたが、あらゆる面で予定外かつ不思議な訪問になってしまっている以上、用心するに越したことはない。

すぐにヴィークが何とかしてくれると信じているが、交わした会話ややり取りの類は全て記録しておくべきだろう。

リュイにメモを手渡した後で、クレアははっと思い至る。

(イベント……好感度アップ……。もしかして、これって向こうの世界の選択肢なのでは……!?)

慌てて振り返ったものの、リュイはもういなかった。


昼食後に行われたお茶会。

庭にセッティングされた丸テーブルにはケーキスタンドが置かれ、焼き菓子が盛られている。

どれもカラフルでかわいらしいそれは、ノストン国ともパフィート国とも違う文化を感じさせた。

そう、まるで映えることを重視して作られたお菓子のようだ。

その前には数人の令嬢たちが品よく座り、繊細な模様が描かれたティーカップを手に微笑んでいる。

輪の中央にいるのは、ジルベールとクレアだった。

朝、ジルベールがこの知らせを持ってきた時点で予想はついていたものの、がっかりである。

（ルピティ王国の有力貴族のご令嬢方とのお茶会で仲を深めると伺っていたのに……ジルベール殿下が参加されてはこうなってしまうわよね……）

貴族令嬢にとっては、令嬢同士での社交の場は重要な情報収集の機会になる。

将来のため、こういう部分での繋がりを作るための訪問でもあると思っていたクレアはため息をつく。

（これでは、ジルベール殿下のためのお茶会だわ……）

列席している令嬢たちはみな、ジルベールの言葉に耳を傾けてしまっている。

本来の目的とは違った場になってしまったことは仕方がない。

しかし、それならばシャーロットもこのお茶会にいてほしかった。

魔法を使えない彼女が悪さをすることはないはずだが、一方で脱走の懸念がつきまとうからだ。

とにかく、シャーロットのことも心配だし、今日の目的は達成できないしで、残念な気持ちを抱えたクレアにジルベールは楽しげに話しかけてくる。

「今日の紅茶はルピティ王国の上流階級に特に人気の高いお茶なんだ」

「……とてもいい香りですわね」

「ああ。南の地域で取れた茶葉に果物の香り付けをしているんだよ」

「本当においしいですわね。ぜひ、お土産に持って帰りたいですわ」

「ルピティ王国では、紅茶に特産品のメープルシロップを入れて飲むんだ。クレア嬢は好きかな？」

「メープルシロップは好きですが、あまりそのような習慣はなく。ぜひ試してみますわ」

クレアはジルベールの問いに適当に答えたが、なぜか紅茶に関する話題は終わらない。

不思議に思っていたところで、痺《しび》れを切らしたようにジルベールが聞いてきた。

「……クレア嬢は、私に聞きたいことがあるだろう？　何でも答えよう」

「では……ヴィーク殿下との思い出話などがあればぜひお伺いしたいですわ」

「ち、違う。そういうのではない」

（そういうのではない、って）

クレアは首をかしげた。それなら、他に何を聞いたらいいのだろうか。

このような場で政治の話を出すのはマナー違反だし、令嬢たちが好む新しい流行や詩集の話題をジルベールに振るわけにはいかない。

テーブルに並べられたお菓子についてはもう話し尽くしてしまったし、何より、さっきから紅茶の話ばかりしている。

この場に居合わせている令嬢方も、すっかり飽きてしまったことだろう。……となると。

「では、皆様に、それぞれの領地のお話をお伺いしても？」

「紅茶の話はどうかな」

この期に及んでまだ紅茶の話をするというのか。

驚きで目を瞬いたクレアの背後で、リュイがプッと笑みを漏らすのが聞こえた。そこで思い出す。

（そういえば、今朝拾ったメモに書いてあったわ。何だったかしら。そう、『クレア嬢に好きな紅茶を聞かれたら――』）

そこまで思い出したところで、勢い余ったらしいジルベールが語るのが聞こえた。

「私は紅茶の中ではフルーツティーが好きなんだが。……って、あっ⁉」

「どうかなさいましたか？」

突然大声を上げた彼の方を見ると、青くなって固まっている。

（どうしたのかしら……）

困惑するクレアの前に、白く美しいフクロウが舞い降りた。昨日、紹介を受けた『プウチャン』である。

プウチャンはフクロウらしからぬ深いため息をつくとぼやいた。

「ジルベール　ポンコツ。ジブンカラ　コタエヲ　イッチャッタ」

「！」

（そうだわ。これは、きっとイベントの選択肢……）

どういう理由があるのかはわからないが、ジルベールにとってこれはクレアとの『イベント』なのだろう。

つまりクレアは今、乙女ゲームのシナリオの中にいるのだ。

そして、ジルベールとの会話から想像すると、そのゲームは全くシナリオ通りに動いていないのではないか。

（ジルベール殿下は、私が好きな紅茶について質問をしないから痺れを切らして自分から答えを喋ってしまったのだわ）

しかし、そうなるとさらに不安な面も出てくる。

ジルベールは、シナリオを望むエンディングで迎えて何をしようというのだろうか。

（その答えは、シャーロットをこの国に引き入れたことにも関わってくる気がするわ……）

不安を募らせるクレアの隣、ジルベールの肩でくんくんと紅茶の香りをかいでいた白フクロウのプウチャンが歌うように言った。

「ジルベール　ポンコツ。ソツギョウパーティーニ　プウチャン　ツレテイケバ　コンナコトニ　ナラナカッタ」

「うるさい、黙ってろ」

白フクロウが喋るのを、お茶会に参加している令嬢方は初めて聞いたらしい。

すぐに黄色い悲鳴が上がり、「かわいい」「もっとお話を」という声が広がっていく。

ジルベールのふてくされた答えには目もくれず、お茶会は、プウチャンの独壇場となったのだった。

いつもの数倍疲れるお茶会を終えたその日の夕方、クレアはリュイと散歩に出ることにした。

春から夏に向かう季節、日が随分と長くなっている。

二人でルピティ王国の王宮の敷地を散歩しながら、ジルベールとシャーロットをどうするかの相談をしたかった……のだが。

目の前には、その目的のためには極めて邪魔でしかない人物がいた。

「……ジルベール殿下。一体何をしておいでですか」

「ああ。クレア嬢と一緒に散歩をどうかなと思ったんだ」

「散歩なのに、そちらはどうしたのですか」

クレアを守るようにジルベールとの間に立ちはだかったリュイは、彼の連れを見て怪訝そうに眉を寄せた。

しかし、ジルベールは空気を読まずに笑顔を向けてくる。

「あれ。クレア嬢は動物は苦手かな？　一緒に馬に乗って案内するよ」

「動物は好きですが、乗るのはさすがに」

引きつった表情のクレアの前、王子様然として振る舞うジルベールは馬を連れていた。

それも、白馬である。

白馬は珍しく、観賞用のことが多い。乗馬に使われることはあまり聞かないので、不思議に思って聞いてみる。

「ジルベール殿下の相棒は白馬なのですか？　珍しいですわね」

「いや、いつもは違うが、これは見た目重視だ」

「……見た目……？」

「この方がイベントっぽいし、実際に私が知っている散歩イベントでは白馬に乗っていた」

（このお方は……一体何を言っているの……）

どうやら、昼間のお茶会に引き続き、ジルベールは何かのイベントを再現したいらしい。

そして、ジルベールが連れている馬は一頭。誘いの内容からして、クレアと二人乗りがしたいようである。

だが、クレアもジルベールと二人で馬に乗るわけにはいかない。

婚約者でもない男女が同じ馬に乗るなんて、はしたないとされる行動だ。

「このまま、王家の庭園をご案内しよう」

「いえ、ご一緒するわけにはまいりません」

「ルピティ王国でずっと守られてきた由緒正しき伝統ある庭で、パフィート国からおいでになったお客様には必ず案内をしている場所だ」

「…………」

キッパリと断っても食い下がるジルベールにクレアは困惑する。

(ここまで言われたら、さすがにお断りするわけにはいかないわ。……けれど)


ということで、こうなった。

「リュイと一緒に馬に乗るなんて久しぶりだわ」

「普段は馬車での移動が多いからね」

クレアが摑まっているのはリュイの背中だった。

馬房から借りた黒鹿毛の馬はとても性格がよくおっとりとしていて、初対面なのにクレアとリュイを乗せてくれた。

夕陽が差し込む森の中、クレアは深呼吸をする。

強引な誘いのせいでここへ来ることになってしまったものの、緑が豊かな森は気持ちがいい。

「王城の裏がこんなに素敵な森になっていたなんて。昨日は気がつかなかったわ」

「本当だね。それにしても、もしクレアがジルベール殿下と二人で馬に乗っていたらヴィークは大荒れだっただろうな」

「……大荒れ。全然想像がつかないわ……」

「クレアの前では格好つけてるからね」

「ふふふ」

そういえば、ルピティ王国への訪問を決めたときもヴィークは焼きもちを妬《や》いていた。リュイの想像は決して大袈裟《げさ》でもない気がして、クレアは頬を染めて微笑む。

そうして、数日間顔を見ていないヴィークのことを思う。

(ヴィークもルピティ王国はよく訪問すると言っていたもの。きっと、この小道も通ったはずだわ。想像すると……一緒に来たかったなって思ってしまうわ)

ほんの少し、感傷的で甘い気持ちに浸り始めたクレアを現実に引き戻したのはジルベールの悲鳴だった。

「うわぁぁぁぁぁ！　助けてくれ！」

「……!?」

見ると、ジルベールを首にしがみつかせた白馬が猛スピードで走っている。なぜかコントロール不能に陥ってしまったらしい。

白馬はすっかりパニックになり、ジルベールを振り落とそうと必死になっていた。

身につけるべき教養に剣術や馬術が含まれる王族としては、ありえない失敗である。

「……何あれ」

顔を引きつらせドン引いているリュイにクレアは助けを求める。

「大変だわ。リュイ、何とかしないと」

「本当は助けたくないね」

「私もそれには心の底から同意するわ。でも、さすがに放っておくわけには」

「……だね。加護をかけているとは思うけど、念のため」

ため息の後、リュイはぼそりと呟いて呪文を唱えた。

ちょうど白馬から身を投げ出されたジルベールが木にぶつかる前に、風の塊がクッションを作りジルベールの身体《からだ》を受け止める。

ぽふんと地面に着地したジルベールは、そのままへなへなと地面に座り込んでしまった。

クレアは馬を下り、ジルベールのもとに駆けつける。

「ジルベール殿下、お怪我はありませんか⁉」

「ああ……なぜだ。白馬が暴走するなんて……聞いていない」

「とりあえず、ご無事で何よりですわ」

そこへ、リュイも馬を引き連れてやってくる。

「怪我がなくてよかったですね。私たちと一緒にいて怪我をされたなんてことになったら、面倒ですから」

「あら。リュイ、頬に土がついているわ」

見るとリュイの頬に土汚れがついている。クレアの言葉にリュイは頬を指先で拭った。しかし、数回擦ってみてもなかなか取れない。

「さっき白馬と並走したときについたのかもしれない。かなりスピードを出して、土を跳ね上げていたから」

「ではこれを使って。私が拭くわ」

「ありがとう、クレア」

クレアはハンカチを取り出しリュイの頬の真ん中を拭く。今度は軽く擦っただけで土は綺麗に取れた。

よかった、とハンカチをしまおうとしたところで。

「ああああああ！」

ジルベールの大声にクレアは振り返った。

案の定、そこには真っ青なジルベールがいる。

「どうかなさいましたか？　もしかして、やはりどこかお怪我を？」

「違う。怪我はしてない。だが……乗馬と庭園デートの後、ハンカチで頬を拭いてもらうのは私だったはずだ……」

「……」

リュイは『一体何を言っているのだ』というような視線を向けている。

けれどクレアにはわかる。

ジルベールは夕方の庭園デートでクレアを白馬に乗せ、その果てに頬をハンカチで拭いてもらって好感度を上げたかったのだろう。

（これが、ジルベール殿下が私を散歩に誘った本当の理由なんだわ……！）

クレアが生きてきた世界では、選択肢による好感度アップはもちろんのこと、イベントのようなものさえなかった。

シナリオから外れた世界なので当然である。

しかし、ジルベールはクレアと自分の間にどんなイベントがあるのか、そしてその答えまで知っているらしい。

もちろん、そのイベントを無理やり引き起こそうとしている時点でおかしなことになってしまっているのに変わりはないのだけれど。

（ジルベール殿下の目的は一体何なのかしら）

にわかに緊張感を高めるクレアの頭上で、木の上で見守っていたらしいプウチャンの平和な罵倒が響いた。

「ジルベール　ポンコツ。ゼッタイ　ムリ」

　　　　　

一方のパフィート国。夕暮れの王立学校の門の前。

たくさんの迎えの馬車が並ぶ中で、ヴィークはリディアに呼び止められた。

「ヴィーク殿下。クレア様はルピティ王国の王城に無事到着されたのでしょうか」

「数日前に『扉』で最寄りの村まで飛んでいる。おそらく、今日あたりジルベール殿下とリュイからそれぞれ知らせが届くはずだ」

「そうですか。無事に到着されればよいのですが。クレア様は特別なお立場で他国を訪問されています。きっと、心細いことでしょう」

「……そうだな」

リディアの心配はヴィークも痛いほどにわかるところだった。

どんなにクレアが賢く聡明《そうめい》であり、どんなに丁寧に手はずを整えたとしても、予想外の事態というものはいつでも起こりうる。

そして、クレアが自分とは違い一人でそれに対処しうるだけの権力を持っていないことも心配だった。

だからこそ、よく頭が切れクレアも絶大な信頼を寄せるリュイをつけた。

もちろん、パフィート国とルピティ王国は古くから縁が続く強固な関係の友好国だ。普通なら予想外の事態など起きるはずがない。

（この胸騒ぎはクレア一人で行かせたことに対するものだ）


クレアから手紙があったら知らせるとリディアに約束し、王立学校から王宮に戻ったヴィークを待っていたのは強ばった表情のキースだった。

「ヴィーク。国王陛下がすぐに来るようにと」

嫌な予感に、自分の声色が固くなったのを感じる。

「概要を手短に話せ」

「クレア嬢のルピティ王国訪問で予想外のことが起きたらしい。ルピティ王国でシャーロット嬢が見つかり、なぜかジルベール殿下の庇護を受けていると」

「！　……すぐに行く」

ヴィークは逸《はや》る気持ちを抑え、大理石の回廊を急いだ。着替えすらも済ませず、謁見の間に足を踏み入れる。

「ただいま戻りました」

「ヴィークか」

相当に慌てた様子のヴィークを見て、国王陛下は意味深に笑う。それが無性に腹立たしいが、深刻な事態ではないとわかってほっとする。

「私の婚約者・クレアのルピティ王国訪問に、重大な支障が生じたと聞きましたが」

「ああ。まずは手紙を読め」

控えていた文官に差し出された手紙は二通だった。

一通はリュイからで、もう一通はジルベールからである。先に食い入るようにしてリュイからの手紙に目を通したヴィークは眉間に皺《しわ》を寄せた。

「……ジルベール殿下は何らかの明確な目的を持ってシャーロットをノストン国から連れ帰り、引き渡しを拒否している、と？」

「そうだ。ただ、シャーロット・マルティーノが魔法を使えないことは知らなかったようだ。白の魔力が無力化されていることを知った途端、ジルベール殿下の態度は軟化したらしい」

（軟化した、ということはそれまでは相対する立場にあったということか）

ぴりりとした緊張感がヴィークを包む。しかし、とぼけた様子で国王は続けた。

「もう一通の手紙を読んでみるといい。脱力するぞ」

「……はい」

もう一通の手紙というと、ジルベールからのものである。脱力する、の意味がわからなかったがとりあえず読むことにした。

「――〝クレア・マルティーノ嬢の滞在延長を申し入れる。その先も滞在するかは本人の意思次第。春の終わりまでに確認を〟？」

脱力ではなく、怒りで声が震えたのがわかった。手にした手紙がぐしゃりと形を変え、皺ができる。

謁見の間、赤い絨毯が敷かれた大理石の床に国王の声が響く。

「ヴィーク。ジルベール殿下はここまで分別のない人間だったか？」

「……いえ。昨年の滞在ではあまり関わりがありませんでしたが、これまでそんな印象は全く。むしろ冷徹で摑みどころのないタイプだと思っていました」

「私もだ。他国で犯罪を起こした者を連れ帰り、友好国の次期王太子妃になる人間を丁重に扱わない。こんな浅はかな行動をする人間ではないと思っている。あまりにもおかしなことを言うものだから、脱力するな？」

「……何か事情があるのでしょうか」

おそらく、国王陛下はわざとのほほんと振る舞っている。けれど、ヴィークは努めて冷静にと思っても怒りが収まらない。

「殿下、こちらで預かります」

「不要だ」

心配したキースがヴィークから手紙を受け取ろうとしたが、それを拒否した。とにかく、この手紙を書いた人間が憎かった。

「ヴィークに相談したいのは、友好的に解決するか否か、それだけだ。シャーロット・マルティーノが卒業パーティーで引き起こした騒動については、公にせず内々に収めたということだったな。そういった経緯から、ノストン国は犯罪者としての引き渡しを要求できないだろう」

「他国の内政事情を含むことですので口出しはできません。仰せの通り、正式な抗議はできない」

卒業パーティーでの一件はヴィークとアスベルトが仕組んだことだった。

そこにシャーロットを嵌《は》めたこともあり、彼女の処分はノストン国に委ねられている。

（先日、婚約式後の会食では修道院で一生を過ごす予定だと聞いたが……。ルピティ王国に逃げ込んでいたとなると事情はまた変わってくる）

「……お前に問う。策は二つだ。ひとつは、ノストン国経由でクレア嬢とシャーロット・マルティーノの引き渡しを要請すること。ただ、これは時間がかかるだろう。もうひとつはお前が婚約者として迎えに行くこと」

「！」

「どうだ。ルピティ王国は古くから付き合いのある友好国だ。クレア嬢の身の安全の確保もだが……何か力になれることがあるやもしれぬ」

ヴィークは怒りを堪えていた顔を上げて、国王の瞳を見据える。そこには、自分によく似た余裕を見せる笑顔があった。

自分を子ども扱いしてくる国王がヴィークは苦手だが、この案を提示してくれたのはそうしたからこそなのだろう。

「クレアは私が迎えに行きます。そしてジルベール殿下が何か困っていることがあれば、力になります」

「うむ。そうするといい。すぐに出発していいぞ」

「…………」

今すぐにでも走って迎えに行きたい気持ちを見透かされて、ヴィークは片頬を引きつらせた。

自分でクレアを迎えに行けるとわかって、やっと一息ついた心地がする。

少し冷静になって手元に視線を落とすと、リュイからの手紙に妙な紙切れが挟まっているのが見えた。

（何だ……これは）

スッと取り出してみる。

紙切れだと思ったら、どうやら破り取られたメモ用紙のようである。

リュイが証拠として添付したのだ、きっと重要な内容なのだろう。

そう思って折り畳まれたメモを開くと、そこには不思議な文章が書いてあった。

「……『初対面のお茶会イベント、クレアに好きな紅茶を聞かれたらフルーツティーと答える、好感度アップ』。……国王陛下、これは何でしょうか」

「さぁ。わしも見たがわからぬ。暗号の類か？」

「……さすがにそれはないかと思いますが」

翡翠《ひすい》色の瞳をした二人は、やっと周囲をまとう空気をやわらげ、揃って心底不思議そうに首をかしげたのだった。

第一七章

ルピティ王国での滞在三日目。

いつも通り、貴賓室で目を覚ましたクレアは一人で身支度を終えた。

普段も侍女のソフィーに支度を手伝ってもらうことはあるが、基本的に身の回りのことは何でもできる。

最後に、懐中時計を首から下げて見えないようにドレスの中に隠した。

（不安だけれど……これはお守り。加護よりもずっと大切な、心のお守り）

鏡を覗き込み、まだ不安げに見える自分の両頬をパチンと叩いたところで、扉が叩かれた。これは間違いなくリュイだろう、と扉を開ける。

「クレア、おはよう。よかった、準備が整ってて」

「……リュイ、何かあった？」

朝なのに、リュイの様子がもう既に疲れているように見えて、クレアは首をかしげる。

その答えを待たずに、リュイの背後からジルベールが顔を出した。

「クレア嬢、気分はどうかな」

「……ええ。悪くはないわ」

リュイが疲れていたのは彼のせいらしい。

このやり取りもすっかり板についてきた感じがある。

うんざりしたクレアには気がつかず、ジルベールはにこりと微笑んだ。

「昨日借りたハンカチを返そうと思って」

「？　ハンカチなんてお貸ししていませんわ」

「ホラ。クレア嬢が私の頬を拭うのに使ったハンカチだよ。汚れてしまったから洗って持ってきたんだ」

「…………」

クレアは、当然とばかりに差し出された白いハンカチとジルベールの顔を交互に見る。

とりあえず意味がわからなかった。

そもそも、昨日クレアが拭いたのはリュイの頬であってジルベールの頬ではない。

加えて、ジルベールは白馬から振り落とされて頬どころか全身泥だらけだったはずだ。

（もしかして……イベントに失敗したから、何とか事実を捻《ね》じ曲げようとしている……!?）

もしそうだったとしたらとんでもないズルである。

そうは思ったものの、あまりに幼稚な手段と得意げな顔のアンバランスさがおかしく、
クレアは思わず噴き出してしまった。

「……っ」

「やっと笑顔を見せてくれたね」

「いいえ。あまりにもジルベール殿下の行動の意味が理解しがたく」

けれど、作戦が成功したと思っているらしいジルベールはクレアの言葉は気にも留めずに告げてくる。

「私が借りたハンカチを返し、さらに仲が深まっただろう。明日は狩猟大会があるんだ。クレア嬢をぜひお誘いしたい」

「……!?」

まず、ハンカチは貸していないし受け取ってもいないし仲が深まってもいない。

どこから突っ込めばいいのか困惑するクレアだったが、聞き慣れない言葉が引っかかる。

（狩猟大会……？）

「お言葉ですが、ジルベール殿下。今回のクレア様の滞在に狩猟大会への参加は組み込まれておりません。また、クレア様は様子のおかしい王族に慣れていらっしゃいませんので自重していただけますと」

リュイが間に入ってくれたが、ジルベールのうっとりとした表情は変わらなかった。告げた言葉のうち特に後半を理解してほしいところだったが、全く伝わっていない。

そして楽しげに告げてくる。

「ルピティ王国の狩猟大会は特別なんだ。せっかく来たのだから、楽しんでいくべきだと思って急遽《きゅうきょ》準備した」

ノストン国・パフィート国のどちらでも狩猟の腕を競う文化は過去のものだ。けれど、ルピティ王国にはそういう文化が強く残っていることは知っている。と同時に、王妃教育で学んだ知識も思い浮かぶ。

（ルピティ王国の狩猟大会って確か……）

クレアが問う前に、ジルベールが得意げに告げてくる。

「優勝した人間は、女神から祝福のキスを授けられるんだ。隣国からの賓客であるクレア嬢は女神にふさわしい。ぜひ女神役を務めてくれるね？」

「遠慮いたします。ルピティ王国の狩猟大会の歴史を考えても、私は女神役としてはふさわしくありませんから」

「⁉　こ、断るのか……⁉」

信じられないという表情で目を見開いたジルベールに、クレアはため息をついた。

「――ジルベール殿下。私はパフィート国の第一王子、ヴィーク殿下の婚約者としてここに来ております。お戯れはおやめくださいませ」

「まあいい。狩猟大会が終わったら気持ちも変わるさ。シャーロット嬢を使って引き止めなくても、きっと君はこの国に残りたいと思うようになるはずだ。そういう重要なイベントだからね」

「……とにかく、ハンカチは受け取れません。私のものではありませんから」

まるでクレアをパフィート国に帰さないと宣言するようなジルベールの言い方に、クレアは不気味なものを感じた。

（またたわ。彼は、不自然にイベントを起こしてでも知らないシナリオを一人で進めている……この先に、一体何があるというの）


嵐のようにジルベールが帰っていった後、クレアは頭を抱えた。

「いろいろ気になることはあるけれど……。まず、ルピティ王国の狩猟大会って古くはお妃選びの場として設けられていたものなのよね。王位継承権を持つ人間が狩猟の腕を競い、もっとも大きな獲物を得られたものが、意中の令嬢に求婚できるという……」

「さすがクレア。よく知ってるね」

「ええ。しかも求婚された令嬢には拒否権がないの。もちろん、王族からの求婚を断れる令嬢なんていないだろうけれど……特に狩猟大会に関しては、どんな理由があっても受けなくてはいけない、固い決まりがあると学んだわ。拒絶した場合、国には暗い未来が待っていると」

「…………」

「…………」

クレアとリュイの間に嫌な沈黙が流れる。狩猟大会の由来と、今回のジルベールの誘いに全く関わりがないとは言い切れない。

(狩猟大会という文化はヴィークも知っているはず。そして、この狩猟大会は思いつきで急拵えのものね。もし事前に知らせていたら、ヴィークは私が女神に指名される可能性を考えて、一人でルピティ王国を訪問することを許可しなかったはずだもの)

ジルベールが何を企んでいるのかわからない。

彼の言動は不可思議で穴だらけで滑稽だが、その先に何も見えなくて身震いがした。

クレアは気持ちを切り替えるため、心が安らぐ話題を選ぶ。

「……ところで、リュイ。パフィート国からの返答はあったかしら?」

「ごめん。ジルベールなんかとくだらない会話をする前にそっちを伝えなきゃいけなかったね。国王陛下からの書簡を持ってヴィークが迎えに来るって。もう出てるから、明後日には到着する」

「……ヴィークが?」

目を瞬いて固まったクレアにリュイが優しく頷く。

「そう。ヴィークが直接来るって。結局心配で仕方がなかったみたいだよ。もちろん、行動を警戒してるのはクレアじゃなくてジルベールの方ね」

「心配してくれるヴィークを説得して一人で来たのに、情けないわ。ヴィークの予想通り、ジルベール殿下とのトラブルで助けが必要になってしまったし……」

シャーロットがここにいたことだけで予想外だったのに、そのシャーロットを匿うのが友好国の王子殿下だとは。

自分が何もできないことに落胆したクレアに、リュイが姉のように優しい言葉をかけてくれる。

「クレア。明後日にはヴィークに会える。ルピティ王国のポンコツな王子様の相手は不安かもしれないけれど、それまでの辛抱だよ」

「ふふっ。私、リュイと二人で過ごすのも好きなのよ」

「……私も。ヴィークが来るのが惜しくなってきたな」

「そうね」

軽口を叩いて笑い合う。

そうしているうちに、さっき大切に首から下げた懐中時計の重みが軽くなった気がした。

***

「……クレアお姉様のお戻りが遅くなるのですか？」

夕暮れのレーヌ男爵邸のサロン。臨時的に備えつけられた勉強用の机が二人のここ数日間の定位置である。

端にはメイドが待機していて、喉が渇いたりすればいつでも対応してくれる。

手元の問題集から視線を上げ、不安そうに問いかけてきたイザベラに、ディオンはとびきり優しく笑った。

「大丈夫だよ。戻りは遅くなるかもしれないけど、わざわざヴィーク殿下がルピティ王国まで迎えに行くんだ。きっと、何事もなく帰ってくるよ」

「ヴィーク殿下が、直接……！　そうですわよね。ディオンお兄様、勉強中に関係ない質問をして申し訳ございませんでした」

「ううん、全然。先にクレアの予定を話したのは僕だし。……イザベラ嬢、次はこっちの問題にしてみようか？」

「はい！」

数日前にクレアがルピティ王国に旅立ってからというもの、ディオンはクレアの代わりにレーヌ家を訪れていた。

もちろん、目的は家庭教師の代理である。

淑女マナーやダンスについてはクレアでないと教えられないため、不在の期間中は座学を中心にディオンが指導する予定になっている。

ディオンにとってイザベラは優秀な生徒であり、とてもいい子だった。

わがままを言うところなど見たことがなく、一度目の人生でクレアとヴィークを巡り合わせるために無茶をしたなんて全く想像できない。

さらに、レーヌ男爵夫妻が誰にでも分け隔てなく優しいのも驚くべきところだった。

いつもクレアがイザベラとの授業で部屋にこもる間、外で待つつもりだったディオンをサロンに案内し、温かい紅茶を出してくれるのだ。

どんなに固辞しても「話し相手になってくれ」と頼み込まれて上がり込むことになってしまう。しかし、本当に話し相手を探しているのかは甚だ疑問だった。

その温かさがディオンにはくすぐったくて落ち着かない。

けれど、決して嫌ではなかった。

「どうだ、今日のところはその辺でおしまいにしたらどうだ」

開け放たれたサロンの扉から、レーヌ男爵が快活に声をかけてくる。すると、一緒に様子を覗いていた夫人が悪戯っぽく笑った。

「だめよ、あなた。イザベラはお勉強を頑張りたいみたいよ？　邪魔をしたら嫌われるわ」

「しかし……もう二時間も続けて勉強しているぞ？　いつもはクレア先生と二人で部屋で勉強しているから気がつかなかったが……これは勉強しすぎなんじゃないか？　こんなに

机に向かっていて大丈夫なのか？」

「それが、王立学校への入学を控えた貴族令嬢としては普通のことみたいよ？　私たちには馴染みがないけれどねえ」

「そうなのか。貴族のご令嬢は大変だなぁ。ハハッ」

勉強中のディオンとイザベラのことは気にもかけず、楽しそうに笑い合う夫妻を見て、イザベラは少し頬を染めている。

「も、申し訳ございません、ディオンお兄様。私の両親はこのように話好きで……でも大好きな両親なのですわ」

「うん、知ってるよ。素敵なご両親だよねぇ」

ディオンの答えにイザベラはパッと表情を明るくする。

さっきまで夕暮れだった窓の外の景色は、すっかり暗くなっていた。

今日のところはもう終わりにしよう、とテキストを閉じると「待っていました」とでも言うようにレーヌ男爵から声がかかった。

「やあ。今日の勉強はもう終わりかな。どうだい、今日こそはうちでディナーをとっていかないかな」

「お気持ちだけありがたくいただきたいと思います。家庭教師の代理が終わったらすぐに帰る契約になっていますので」

「そうか。今日のデザートは木苺《いちご》のタルトと桃のムースなんだがなぁ」

「！」

悪戯っ子のような顔をしているレーヌ男爵を、ディオンはチラリと見る。

クレアによってミード伯爵家の呪縛から解き放たれたディオンは、なぜか甘いものに目がなくなってしまった。

断らないといけないとわかっているのに、これ以上なく心を動かされる誘い文句についい迷ってしまう。

気持ちを見透かされたのか、レーヌ男爵はさらにデザートの話題を続けた。

「明日来客があるんだが、厨房《ちゅうぼう》ではそのための焼き菓子をたくさん焼いていたな。誰かが味見をしてくれると助かるんだがなぁ」

「……ご一緒いたします。ぜひ、ぜひ」

今日のところは負けである。

一緒にディナーを取るぐらいならいいだろう。

デザートの前に折れたディオンの隣でイザベラがうれしそうに笑った。

「うれしいですわ……！　私、支度を手伝ってまいります」

「あらまあ。イザベラはその前に着替えていらっしゃい。折角のディナーなんだから」

「！　はい、お母様！」

夫人に諭されて、イザベラはうれしそうに上階の自室へと駆けていく。

それを見ながら、ディオンはしみじみとした気持ちになっていた。

わざわざ盛装に着替えてまで行われる、来客とのおもてなしのディナー。その輪の中に入るのは久しぶりのことだ、と。


程なくしてディナーの準備は整い、ディオンはメインダイニングに招待された。

新興の貴族とは思えないほど重厚なダイニングテーブル。壁にかけられた絵画は名のあるもので、しかも当然本物だろう。

そのほかにも年季を感じさせる調度品の数々に、ディオンは少し驚いて口を噤んだ。

夫妻はその様子に気がついたらしい。

「こんな古くさいダイニングルームは珍しいかな。少し流行遅れになってしまっているからねえ」

「そうよねえ。どれも譲り受けたものなのよ。でも物はいいし、歴史を重ねた品々なのよ？　処分するのももったいなくて。このダイニングは私たち一家のお気に入りなのよ」

ディオンは軽い微笑みで応じた。

「……僕も、こういう雰囲気は大好きです。どこか懐かしい気持ちになりますね」

「よかったわ。今日はディオン先生が中央に。あなたが主役だわ」

夫人に笑いかけられて、くすぐったい気持ちで席に着く。

ディナーのメニューはスープや前菜の後にローストビーフが出された。

その大きな肉の塊を切り分けるのは、シェフではなく何とレーヌ男爵の役目らしい。

料理がお好きなのですか、というディオンの問いかけに、この家の主人はニヤリと笑う。

――だって、その方がみんなで楽しくテーブルを囲めるだろう？　食事は楽しい会話の時間なんだから。

そんな未知とも思える答えが返ってきて、ディオンは目を丸くする。

けれど、テーブルについている人間はもちろんのこと、給仕を担当しているメイドまでも楽しく笑い合っていた。

この家は不思議だ。

厳格な家で育ったディオンにとって、信じがたいものばかりが詰まっている。そしてそのどれもが温かくて居心地がいいところが信じられない。

少し前なら、この輪の中に入るのを躊躇っただろう。罪を背負う自分が幸せを具現化したような家族の邪魔をしていいはずがないからだ。

けれど、クレアたちと一緒に過ごすようになってディオンは変わった。ありのままの自分を認めてくれる主人の存在は心の傷を修復してくれた。

レーヌ男爵家の温かな幸せが心から好ましいものだと思える。

「ディオンお兄様。デザートの焼き菓子は私が取り分けますわ。召し上がりたいものがありましたら、ぜひおっしゃってください」

うれしそうなイザベラが持ってきたワゴンは、普段はメイドが押しているものだった。その上にはワゴンに三段のケーキスタンドが置かれ、たくさんの焼き菓子が山積みになっている。

カヌレ、マカロン、フィナンシェ、カラメルとバターの香りがするクイニーアマン。木苺のタルトに、桃のムース。

「じゃあ、全部の種類をひとつずつもらってもいいかな」

「かしこまりました、もちろんですわ！」

イザベラがデザートを取り分けるのを眺めながら、レーヌ男爵はとてもうれしそうにしている。

「私たちは来客が好きでね。クレア先生とディオン先生が来るようになってから、いつかこうしてゆっくり食事がしたいと思っていたんだよ」

「だめですわ、お父様。今日は特別です。クレアお姉様もご一緒のときにお食事にお誘いしたら、ヴィーク殿下にご心配をかけてしまいますから」

イザベラの口調に、ディオンは勉強後にクレアをお茶に誘いつつも帰りの時間を気にする姿を思い出した。

「イザベラお嬢様は二人のことを応援しているんだね」

「お二人はとっても素敵でお似合いだと思います。私は……いつかお側でクレアお姉様をお助けできたらいいなと思っています」

頬を染めて恥ずかしそうに話すイザベラに、それを隣で見ていたレーヌ夫人がふふっと柔らかく笑う。

「イザベラがこの数か月間、急に勉強を頑張るようになったのはクレア先生とヴィーク殿下が理由だものね」

「お、お母様、それは秘密ですわ！」

「あら、ごめんなさい」

「………？」

意味深な二人の会話にディオンは首をかしげた。

一度目の人生で、クレアを少し強引に夜会へ連れていき、ヴィークと引き合わせたのはイザベラだったと聞いている。

今回も同じように二人を憧れの眼差しで見ていることはわかっていた。

けれど、それが勉強を頑張ることにどう繋がるのだろうか。

よくわからないが、とにかく自分はクレアが不在の間に精いっぱい家庭教師の代理を務めるだけである。

「このクイニーアマン、すごくおいしいですね。僕だけが来客で申し訳ないです。今度は、クレアと一緒にぜひ」

ディオンの言葉にレーヌ男爵夫妻とイザベラは目を丸くした。

そして。

「クレア先生もだが、ディオン先生一人でもうちにとっては大切なお客様だな」

「そうねえ。というか、子ども……息子ができたみたいで楽しいわ」

「息子！　本当にそうだなあ！　ディオン先生、うちの子になりたくなったらいつでも言ってくれよ。ハハッ」

楽しそうに盛り上がっているレーヌ夫妻に、イザベラはまた頰を赤くして遠慮がちに頭を下げた。

「お父様、お母様……！　いい加減になさってくださいな……！　ディオンお兄様、申し訳ありません」

「ううん。いいんだ。……いいんだ。とっても楽しいよ」

それは嘘偽りない本心からの言葉である。

子供の頃、次期当主らしくあろうとして大好きな甘いお菓子を口にできなかった日々のことを思い出す。

プレートにかわいらしく盛りつけられたデザートと、温かいレーヌ男爵家。

幸せの中に身を置きながら、ディオンは思う。

――一度目の人生でノストン国を追われたクレアが癒やされたのは、この温かさなのだろう、と。


『女神』になることは固辞したものの、結局クレアは観客として狩猟大会に参加することになってしまった。

狩り用の服に身を包んだリュイが申し訳なそうに謝ってくる。

「ごめんね、クレア。断ろうと思ったんだけど、さすがにルピティ王国の国王陛下の名前を出されたら難しくて」

「大丈夫よ。それに、私はこの国のことを知るために来たんだもの。本当の目的から言っても、参加すべきイベントだわ」

どうやら、この狩猟大会はジルベールではなくルピティ王国国王の名の下において行われるらしい。

ますます嫌な予感がするが、そうなってはさらに断るわけにはいかなかった。

ということで、クレアも動きやすいドレスを選んで馬車に乗り、王城裏の森に向かっていた。

（大丈夫。だって、明日にはヴィークが迎えに来てくれるんだもの）

自分一人で何とかできたらいいが、国同士が関わることは難しいこともある。

クレアにできるのは、できるだけ内情を探りつつ波風を立てずに迎えを待つことだった。

森の入り口にたどり着くとたくさんのテントが張ってあり、その中には森には不釣り合いなテーブルやチェアが置かれている。

クレアのように狩りに参加しない者たちがくつろぐ場所なのだろう。

その証拠に、国王陛下や貴族たちのほか貴族令嬢の姿も多く見える。急拵えにしては、随分と手の込んだイベントである。

その中のテントの一つに案内され大会の始まりを待っていると、案の定ジルベールが顔を覗かせた。

「クレア嬢。女神の件、やっぱり気持ちは変わらない？」

「！　ジルベール殿下。まだおっしゃるのでしたら、今からでも観覧を辞退させていただきたく」

「あああああそれはだめだそれはだめだ！　今のは聞かなかったことにしてくれ」

クレアの拒絶に大慌てをする姿は、一国の王子としてあまりにも頼りない。

呆れてリュイと顔を見合わせたところで、テントの入り口の向こうにピンク色のフリルが見えた。

初日以来会うことがなかったシャーロットだ。

どこにも逃げていなくてよかった、と安堵したものの、シャーロットの方はクレアのことなどまるで気にしていない様子である。

一直線にジルベールにだけ話しかけた。

「ジルベール様！　こんなところにいらっしゃったのですねぇ！」

「シャーロット嬢。どうしてここに？」

「今日は特別な会があるというので、護衛の人に案内してもらいました！」

シャーロットが指さす先には、うんざりした様子の護衛が見えた。

いつもの行動から察するに、きっと断られても挫《くじ》けずにわがままを言い続けた結果なのだろう。

その証拠にジルベールはこめかみを押さえて呟く。

「シャーロット嬢は本当に自由だな。空気を読まないし、一瞬でも使えると思った私が馬鹿だったよ」

「ジルベール　ポンコツ　バカ」

絶妙なタイミングで、テントの外で待機しているプウチャンの罵倒が響いた。

それが聞こえていないシャーロットはきわめて楽しそうである。

「王子様って、こんな楽しいイベントを簡単に主催できるんですねえ。アスベルト様はこういうことしなかったから、何だか夢みたい！」

「まぁね。私がその気になれば、こんなイベントはいくらでも楽しめるよ」

ジルベールの言葉はシャーロットへの返答のはずなのに、顔はなぜかクレアの方を向いている。それを無視して、クレアはため息をついた。

「……」

（そういえば、アスベルト殿下もどんなに止めてもシャーロットのためにありとあらゆるパーティーを開いていたわ……）

もちろん一度目の人生で、シャーロットの白の魔法に洗脳されていたからこそのエピソードである。

ジルベールとアスベルト。どちらの行動もお花畑すぎて、一国の王子としては軽薄すぎるように思えた。

まるで、何かに操られてそうしなければいけないようである。

アスベルトはシャーロットに操られていたので納得だが、ジルベールにはそういう相手がいない。

（そうだとしたら、何が彼にここまでさせるのかしら）

クレアが考え込んでいる間に、ジルベールはシャーロットを連れてテントから出ていってしまった。

二人がいなくなったことを確認したリュイはテントの幕を下げた。そして声を落として慎重に告げてくる。

「クレア。この前は気がつかなかったけど、ジルベール殿下が言っていた通りシャーロット嬢には居場所を探知できる魔法道具がついているね。多分、取り外せないやつだと思う。本人は気がついていないみたいだけど」

「だからジルベール殿下はシャーロットを好きにさせているのね」

「だと思う。さすがに、アレをさらっておいて逃げられました、じゃ大問題になるし、今の彼の目的はクレアを春の終わりまでこの国に留めることのようだから。シャーロットが手駒として使えなくなったら困るんだろうね」

「どう考えても、ジルベール殿下の行動は常軌を逸しているわ……」

「それよりも、気づいた？　クレア」

「え？　何かしら」

首をかしげると、リュイはさらに緊張感を増した声色で告げてくる。

「このテント、ほかのものよりも装飾が豪華なんだよね。内部も、変わったデザインの家具が置かれている」

「そういえばそうね……」

同意しつつ、このテントに入るまでの間に見た景色を思い出す。

貴族令嬢がくつろぐための場所だけあって、どれも豪華だった。

けれど、このテントは明らかにレベルが違う気がする。

(私をパフィート国からの賓客としてここを準備してくださったのならありがたいことだけれど……ジルベール殿下の様子のおかしさを踏まえると、絶対にそれだけではないわよね……)

顔を上げると、リュイも同じことを考えていたようである。

「ここは、まるでこの狩猟大会にとって特別な人間のための場所のように思えるよ」

「そうね。──女神のためのテント、にふさわしい気がするわ」

ジルベールはなし崩し的にクレアを女神として据える可能性がある。

その可能性に思い至って、ため息が出る。

けれど、リュイは飄々《ひょうひょう》とした様子で告げてくる。

「ああ。ただ、狩猟大会における女神の祝福は、優勝した人間のものだよ。ジルベールが優勝しなければいいいんじゃないかな?」

「……と、いうと?」

目を瞬いたクレアに、リュイは何も言わず自信たっぷりに微笑んだのだった。

リュイとの話を終えテントの幕を上げると、シャーロットの声が聞こえてきた。外でほかの令嬢方と話をしているようである。

「シャーロット・マルティーノと申します。ノストン国の公爵家の出ですわ」

「ノストン国のマルティーノ公爵家といいますと……あの、魔力に縁のある？」

「ええ。そうですの」

「まあ、それは……！　素晴らしいお家柄ですのね。ジルベール殿下と親しくされていらっしゃいましたが、もしかして婚約者候補でいらっしゃるのかしら？」

「そんな感じですわ！　私、ジルベール様に一緒に国に来てほしいと誘われてここに来たんです」

「……！　それは！」

令嬢たちの間に一目置くような空気が流れたのがわかる。そして、次々にシャーロットへの挨拶が始まった。

これで、シャーロットはジルベールの婚約者として名を知られることになるのだろう。

（決定的なことは話していないのに……ふわふわとした会話だけで皆様を勘違いさせるなんて、さすがだわ）

顔を引きつらせたクレアの耳に、なおも会話は聞こえてくる。

「今回の狩猟大会では『女神』がいないということでしたので不思議に思っていたのです

が、もしかしてシャーロット様がそのお役目を？」

「ジルベール殿下は今日この場で求婚をなさるおつもりかもしれませんわね……！」

にわかに盛り上がった令嬢たちの中に、シャーロットの呆《ほう》けたような声が響く。

「女神？　それは何でしょうか？」

「ああ、シャーロット様はノストン国のお方ですからご存じありませんわよね。この狩猟大会には、優勝したものを祝福する『女神』という役割が存在するのですわ」

「そうですわ。古くは、王族の方々が正式な求婚をするために設けられる会でしたのよ。ですから、きっとジルベール殿下はその文化を踏襲して、無理にでも狩猟大会を開かれたのだと思いますわ。今日の会はあまりにも急ですもの！」

「何て素敵なの！」

令嬢たちは、王子様から他国のかわいらしい公爵令嬢への求婚を想像したらしい。

周囲にきゃあきゃあと黄色い声が響き渡っていく。

そして、狩猟大会について理解したらしいシャーロットはまんざらでもない様子だった。

「そんなにロマンチックな求婚があるんですね……！　てことは、このイベントって私のためのもの⁉　この国の王子様すごいわ！　ノストン国の第一王子・アスベルト様とは大違い！」

（…………）

シャーロットに手を焼いた上に、他国でまで罵られる幼なじみが気の毒でならない。

しかも、アスベルトはノストン国の王位継承者である。

母国に関わる悪評が広まっていくのが許せなく、発言を訂正しようとテントを出ていこうとしたところで、リュイに肩を叩かれた。

「リュイ、止めないで」

「いい。私が行く」

そうして、リュイはクレアの代わりにテントを出た。まるで、何かを企んでいるときのヴィークのように胡散《うさん》臭さ漂う笑顔を浮かべている。

「シャーロット嬢。そういうことでしたら、こちらのテントをお使いくださない」

「えっ?」

「私とクレア様が過ごしているテントは特別に華やかで内装も違います。きっと、女神のためにジルベール殿下が準備をされた場所なのでしょう。私どもも気がつきませんで、大変失礼をいたしました」

(……!)

クレアは察した。これは、このテントを正当な理由のもとに譲るチャンスである。

ジルベールに割り当てられたこのテントを勝手に抜け出るわけにはいかない。

けれど、こうしてシャーロットがジルベールの婚約者らしいという雰囲気があれば、問題ないだろう。

当然、シャーロットははしゃいで快諾してくれた。

「本当ですわ！　さっき覗いたときには気がつかなかったけど……こっちのテントだけ様子が違うわ！　すごく広いし、おいてあるソファがふかふか！　お菓子もある！　私、こっちにしますわ！」

「どうぞどうぞ」

リュイが相変わらずの笑みで道を開けると、シャーロットに引き続いて令嬢たちがぞろぞろとこれまでクレアたちがいた方のテントに移動する。

そして、リュイとクレアは空いたテントに収まった。

（シャーロットのおかげで助かったわ……）

さっきよりは簡素な椅子に座り、安堵のため息をついたクレアにリュイが悪戯っぽく笑ってみせる。

「ノストン国のアスベルト殿下に関わる暴言はヴィークが来てから訂正すればいい。こういう噂《うわさ》についてては、あれこれ口で言うよりもどちらが信頼できるのかを見せた方が早いから」

「リュイは本当に頼りになるわ。……ありがとう」

「明日ヴィークが迎えに来てくれたとき、クレアが狩猟大会で特別なテントにいただなんて知ったら荒れるだろうからね」

「ふふっ」

そうして、二人は顔を寄せ笑い合ったのだった。


程なくして、狩猟大会が始まった。

森に向けられてテントの入り口は開け放たれ、狩猟の様子が見えるようになっているが、スタート時だけはテントから出て全員が参加者を見送るのが決まりらしい。

クレアの隣で、スタートラインに立ったリュイはさらりと教えてくれた。

「ルールは、一時間の間に最も大きな獲物を捕まえた者が優勝。使っていいのは魔法と剣だけ。単純だね」

「そうなのね。頑張ってね、リュイ」

「うん」

クレアとリュイの会話に、真っ青になったのはジルベールである。

「な、何で護衛騎士がこの大会に参加することになっているんだ……!?」

「ジルベール殿下。狩猟大会では、王族の優秀さを証明するために貴族令息の参加は広く推奨されていると伺っておりますわ。まさか、これだけ伝統を大事にされるジルベール殿下がお断りになると？」

「……！」

クレアの言葉にジルベールは絶句している。

ついさっきシャーロットとジルベールを見送った後で、クレアはリュイから特別な作戦を聞かされた。

万一、女神としての役割を求められたとしても、できるだけ波風を立てずに回避するためのものである。その作戦とは。

「狩猟大会にリュイが出るの？　それは本当に？」

「うん。実は、我がクラーク伯爵家の領地には狩猟文化が残ってる。幼い頃から父や兄と一緒に狩りをしてきたから問題ない。多分、腕もそれなりに確かだと思うよ」

シャーロットとジルベールが出ていったテントの中で聞かされたのは、狩猟大会にリュイが参加するという作戦だった。

ヴィークの護衛騎士であるリュイの身のこなしは軽やか。

そして頭も良く、運動神経もいい。

たとえ飛び入りの狩猟大会参加であろうと何であろうと、やろうと思えばできないことはないのだろう。

何をしても人並み以上にできるのはわかるが、ここまで何でもできることにクレアは目を瞬いた。

「……そ、そうなの……」

「恐らく、今回はジルベール殿下が優勝することまで仕組まれてる。だからそうさせなければいい。私が叩くから大丈夫だよ」

自信たっぷりに告げてくるリュイが本当に頼もしく見えた。

(つまり、リュイが出て優勝するから万が一私に女神としての役割を押しつけられても、何も困らないということね)

それは、パフィート国のリュイのファンたちが顔を赤くして卒倒しそうな、これ以上ないほどの強硬策だった。


回想を終えたクレアは目の前のジルベールの様子を観察する。

狩猟大会を無理に開いたことを逆手に取られて、ジルベールは青くなったまま唇を震わせていた。言い返す術《すべ》もないらしい。

ちなみに、プウチャンの罵倒は聞こえてこなかった。

（さっき、リュイは『ジルベール殿下が優勝することまで仕組まれてる』と言っていたけれど、本当にその通りみたいね。だって、そうでなければ突然の参加者にあんなに震えるはずがないもの）

「だ、だだだだだだだだが、無駄だ。パ……パフィート国には狩猟の文化は残っていないだろう。いくら腕の立つ護衛騎士だとはいえ、この狩猟大会を舐《な》めてもらっては困る」

「ご存じありませんでしたか？　実は、一部には残っているんですよ。偶然、私がその地域の出身です」

「!?」

さらりと返答したリュイに、ジルベールはまた絶望を顔に浮かべた。考えていることがわかりやすい男である。

そうしているうちに、パァン、と狩猟大会の始まりを知らせる音が鳴り響く。

「あっ待て」

ジルベールのへろへろの呼びかけを無視して、リュイは馬を走らせる。その背中は、あっという間に小さくなっていく。

ジルベールは何やらモゴモゴと言いながらそれを追いかけた。

同時に、数十人の貴族令息たちが森の中に馬を走らせていく。

皆がチラチラとジルベールの動向を窺っている感じがするのは、やはり出来レースだからなのだろう。

にわかに騒がしくなった森に驚いたらしい鳥たちが、バサバサと音を立てて空へと飛び立っていく。それを見つめながら、クレアは胸騒ぎを隠せない。

（大丈夫かしら。何事も起きないといいけれど）

空は、今にも降り出しそうな曇り空だった。

狩猟大会が始まってしまえばクレアにできることはない。

王城裏の森の全域を開放して行われているため、いくらテントの入り口が開け放たれていても狩りがどんな展開になっているのかまでは見えなかった。

（リュイが大丈夫だと言うのだから、心配はないはずなのだけれど）

そうは思いつつも少しだけ落ち着かない。

その理由はジルベールが何を考えているのかわからないからだ、と思う。

そもそも、いくらシャーロットがどんな悪さをしたのか知らなかったとはいえ、友好国の人間を勝手に自国へ連れ帰るという時点でおかしすぎるのだ。

加えて、シャーロットが魔法を使えないことを知り落胆してあっさり手放すのかと思えば、今度は彼女を交渉カードにしてでもクレアをルピティ王国に留めたいらしい。

しかも、シャーロットと同じようにクレアの魔力が目当てなのかと思えば、意外なことにそこまで興味がないようだった。

シャーロットよりもクレアが持つ魔力の色の方がより優位にもかかわらずだ。

それよりもおかしなシナリオを再現し、無理にでも自分が攻略される方に全力を注いでいる。

ジルベールがクレアの加護を見ただけで感動し、目を輝かせていたことまで考えると、全てが繋がることはなく意味不明でしかない。

（それに、期限が春の終わりまで、というのも気になるわ……）

春の終わりといえば、クレアも気にしている出来事がある。

一度目の人生で遭遇し世界を危険に晒《さら》した、それは。

「魔力竜巻……」

口にした瞬間、頭の隅で記憶の引き出しがかすかに開いた気がする。

魔法を使った際に生まれる魔力の残骸が少しずつ蓄積して引き起こされる『魔力竜巻』は、その予兆だけで世界を恐怖に陥れた。

数十年に一度定期的に起きてはいるものの、発生を事前に予測することはほぼ不可能。

しかも、今回春の終わりに起きる予定のものは、過去に類を見ない規模のものだ。だからこそ、クレアも万全の準備をして臨むつもりでいる。

このルピティ王国への訪問も半分はそのためだ。

(そういえば何度目かで向こうの世界へ行ったとき、何度もこのゲームをプレイしている友人は不思議なことを言っていたような)

――〝ヒロインのバリア魔法は成功するよ！　竜巻被害を最小限に食い止めヴィーク様から舞踏会に招かれるっていう好感度アップイベント！〟

(そうだわ……魔力竜巻はゲームのファンディスクのシナリオでも重要なイベントになっていたはず)

向こうの世界での記憶が思い出されたところで、一つの疑問が湧き起こる。

(ファンディスクのシナリオでは、パフィート国だけにバリア魔法を張り、浄化せずに王都から魔力竜巻を弾き出すのよね。ということは……他の国はどうなったの？)

クレアが生きているのは、本編とファンディスクのシナリオ、どちらとも全く違う世界である。

特に心配する必要はないのだろうが、ふと浮かんだその考えがなかなか離れなかった。

❦　❦　❦

森の奥深くまで入り込んだジルベールは、きょろきょろと周囲を見回していた。

この狩猟大会を制するため、狙うのは大物だけだ。小さな動物たちをいたずらに傷つける趣味はない。

加えて、ジルベールは無駄に魔法や剣を使わずに大物を捕らえる作戦を実行していた。

「えっと……この辺だったはずなんだが」

「ジルベール　ズルノ　ジュンビ　トトノッテルゾ」

「うわぁっ！」

頭上から落ちてきた声に飛び退《の》くと、プウチャンが木に止まってこちらを見下ろしている。その姿を認めたジルベールは息を吐き、馬から下りた。

「……驚かせないでくれ。誰かに見つかったと思うじゃないか」

「ミツカッテ　キマリガワルイ　コトヲスル　ホウガワルイ」

「うるさいな。こうした方が効率がいいし、仕方ないだろう。当然の手段だ」

「ズル　ハ　ズル。キョウハ　ウマニ　オトサレナクテ　ヨカッタナ」

「！　今日はいつもの相棒のブライアンだ。この馬はとってもいい子だぞ。私を落とすことなんてしないさ」

「ハクバノ　オウジサマニハ　ナレナカッタノカ」

「……お前、本当にマスコットキャラなのかよ……辛口すぎるだろう……！」

プウチャンに罵られながら馬を引き、とぼとぼと歩いていると視界の奥に小さな小屋が見えた。

あそこだ、とばかりにジルベールは歩みを速める。

「あの小屋に大物を捕まえて入れてあるんだな」

「ソウダ。エサデ　オビキヨセテ　ネムリグスリデ　ネムラセタ」

「てことは、傷ひとつ付いていないな。さすがだよ、プウチャン」

ジルベールは事前にプウチャンに命じて優勝できるような大物を捕まえさせておいた。

そして、小屋に入れておいてもらったのだ。

この大会に参加している貴族令息たちにも、それとなく『これは自分のための大会だ』という話を広めてある。

つまり、皆空気を読んで狩猟に失敗したと報告するか、捕まえても小鳥ぐらいにしてくれるだろう。

しかし念には念を入れるべきだろう。

ということで、ジルベールは反則級の作戦を実行していた。

「私はいつでもポンコツなわけじゃないんだ。やるときはきちんとやる」

「ヤッタノハ　オマエジャナイ」

「はいはい。今回ばかりは恩に着るよ」

ルピティ王国の狩猟大会では、動物にできるだけ傷を付けないことが上級者の証明になっている。

傷がない大物を準備してくれたことを知り、プウチャンはやはり優秀なマスコットだった、と感心しながらジルベールは小屋の外に馬を繋いだ。

しかし、いつもは従順な相棒——ブライアン、が耳を後ろに倒し前脚をかいている。警戒を高めている様子が目に留まったが、普段来ない場所が不安なのだろうとジルベールはあまり気にしない。

そうして、無造作に小屋の扉を開ける。

プウチャンが捕らえておいてくれたのは、大きめの鹿ぐらいのものだろう。もしかしたら、狼《おおかみ》かもしれない。狼なら、サイズが小さめでも評価は上がる。できれば、大きめの狼だとよりありがたい——。

自分の能力を抜きにして、ジルベールはそんなことを考えていた。

だって獲物は薬で眠らされているのだ。何も怖くない。

扉を開けた瞬間、普段は嗅いだことがない強烈な獣臭が鼻をついて顔を上げる。そこで、のんきに鼻歌でも歌いそうだったジルベールは、固まった。

目の前には、真っ黒い巨大な生き物がいる。

ジルベールの倍はありそうな背丈に、真っ赤な瞳、鋭い爪。低い唸《うな》り声を上げる口からは、獰猛《どうもう》さを感じさせる恐ろしい牙が覗いていた。

しかも最悪なのは、この巨大な生き物が眠っておらず、動いていることだった。

「こっ……何っ……」

声を上げようとした瞬間、なぜか視点が下がった。軽く見上げるような姿勢だったのが、遥《はる》か上を見上げているような感覚になる。

自分が腰を抜かしたことに気がついて、さらにパニックになるジルベールにプウチャンは得意げに教えてくれた。

「ブラック・ドッグ。チョウドイイノガ　イタ」

「なんっ……」

「オオキスギテ　ネムリグスリ　キレチャッタ　ミタイダネ?」

「のぉっ……あぁっ……」

この世界には魔法が存在する。魔法を使えるのは一部の選ばれし貴族ばかりだが、同じように動物たちの中にも優劣があるらしい。

その中で、ごく一部の魔力を帯びて変異した生き物――それが魔物である。

魔物は滅多に出現せず、もし一頭でも目撃されたら国の騎士団を動かして退治する事態に発展する。

ジルベールが覚えている限り、ここ数年では魔物の目撃情報は聞いたことがない。

思考を停止させた頭の片隅に『こんなのゲームのシナリオにはなかった、そもそもジルベールルートでは狩猟のシーンとかなくいきなりヒロインとジルベールのスチルだったのに』という言葉がこだましている。

解せないことばかりだが、これは間違いなく大ピンチである。

しかし、とにかく逃げ出さなければと思うのに身体がいうことを聞かない。

今すぐ振り返って走って逃げたい。だが足に力が入らず、腰を抜かしたままずるずると後退《あとずさ》りするのがやっとだった。

「ジルベール　ダイジョウブ?」

「ぜんっ……なっ……」

楽しそうなプウチャンに、全然大丈夫なわけないだろう！　と怒鳴りたくても、当然言葉も出てこなかった。

プウチャンによると、どうやらこれはブラック・ドッグなる魔物らしい。

見た目は巨大な狼にすぎないが、あまり魔法を使い慣れていないジルベールでもわかるほどに魔力がダダ漏れている。

つまり強い。

加えて、魔物なんて会ったことがないし捕まえ方も知らない。

あらゆる魔法を使いこなす熟練の騎士が対峙《たいじ》すべき相手だった。

何よりも、こんなに巨大なブラック・ドッグを捕まえたとしても、拠点まで連れて移動するのは無理である。

この国に破滅の運命が訪れる前に、今回の人生はここで終わるのかもしれない。

そういえば、〝適度という言葉を知らないぶっ飛んだマスコットキャラクター〟そんな文言がパッケージに書いてあったような――。

いやまじか。

そんなことを今思い出したところで、もう遅かった。

ジルベールの目前、寝起きで不機嫌そうなブラック・ドッグは狙いを定めたようである。

鋭い視線に睨まれて動けない。

のんきなプウチャンの「タオサナイノ?」という声すらどこか遠くの世界のものに聞こえた。

まさに、絶体絶命、だった。


「クレア・マルティーノ様。紅茶をどうぞ」

「ありがとうございます」

拠点となるテントで休んでいるクレアの前に、お茶が運ばれてきた。笑顔でお礼を告げると、メイドも上品な笑みを返してくれる。

このテントにはクレア一人。

側仕えのはずのリュイは狩猟大会に参加してしまっているし、ほかの令嬢たちは皆、シャーロットと一緒に『女神用のテント』へ行ってしまった。

彼女はきっと、よくできるメイドなのだろう。

紅茶を淹れながらそれとなく思慮を巡らせ、クレアの話し相手について考えてくれているようだった。

「クレア様、退屈をされてはいらっしゃいませんか。ここから狩猟大会の様子はあまり見えませんし」

「いいえ。様子は見えなくても、雰囲気を楽しませていただいていますし、ルピティ王国の文化を勉強させていただいていますわ」

「……さようでございますか」

メイドがわずかに落胆した様子を見せたので、クレアは首をかしげた。

余計な気を回さずに済むよう、十分に退屈ではないということを示したかったのだが、どうやら求めていた反応ではなかったらしい。

「……もしかして、私のほかにも退屈をされている方がいらっしゃるのでしょうか？」

クレアの問いかけに、メイドは目を輝かせた。

「もしよろしければ、お話の相手をこちらにご案内してもよろしいでしょうか」

「ええ、もちろんですわ」

快く返答すると、メイドがホッとしたようにさっきまでの上品な笑みを崩す。

すると、開きっぱなしになっていたテントの入り口から、待ち構えていたかのようにぬっと顔を覗かせてくるものがあった。

程よく顔に皺を刻んだ壮年の男性である。この場にいるのにふさわしい、高貴な微笑みと佇まい。そして、穏やかながらもあらゆるものを威圧する雰囲気。

予想外すぎる人物の訪問に、クレアは目を瞬いた。

(このお方は……！)

そこにいたのは、数日前の到着時にも挨拶を交わしたルピティ王国の国王陛下だった。

「クレア・マルティーノ嬢。あなたと少し話がしたいのだが。一緒にお茶をしてもいいかな？」

「はっ……はい。もちろんですわ」

こちらから挨拶をしにいかなければいけないのに申し訳ございません、と続けるために立ち上がろうとしたクレアはそのまま手で穏やかに制される。

そして国王は悪戯っぽく笑った。

「今日、私がこうしてここに来たことはジルベールには内緒にしてほしいんだ。このタイミングなら、確実にジルベール不在であなたと話ができると思った。短い滞在期間なのに、馴染みのないイベントに招待してしまって悪いね」

「いえ、とても楽しませていただいています」

内緒、という響きにクレアが頷くと、メイドも察したらしい。

すぐに二人分の紅茶とお茶菓子を準備して、外で控えていますと言ってテントを出ていってしまった。

テントの中、国王陛下と二人で残されたクレアは緊張に包まれる。

(今回の訪問はヴィークの婚約者としてだけれど……王族としてではないから、国王陛下とのきちんとした面会は含まれていなかったわ)

パフィート国とルピティ王国は古くから続く縁が深い国だ。

それこそ、国を継ぐものや関わるものを行き来させて文化を学ばせるほどに、お互いの国への関わりは深い。

それを思い、失敗は許されないと膝の上で揃えたクレアの指先に力が入る。

けれど、話題に出されたのは意外な事柄だった。

「……クレア嬢はジルベールとはどれぐらい話をしたかな？」

「ジルベール殿下と、でしょうか？　あまり、その」

一緒に過ごした時間はそれなりにあるのに、ジルベールとはほとんど内容のある会話をしていない。

シャーロットの話題、もしくはジルベールからの意味不明な誘いをクレアがただ断るばかりである。

「ああ。その調子だと、クレア嬢にもあの子の言うことがわからなかったようだね」

少し困惑したクレアの表情から事情を理解したのか、国王陛下は苦笑している。

ジルベールを『あの子』と表現していることから見ると、国王というよりは父親としてここに来たのだろう。

（一体何のお話なのかしら）

ますます意味がわからなくて困惑するクレアに、国王は優しく笑った。

「クレア嬢はジルベールをどう思う？　ルピティ王国の王族としてどう見える？」

「——っ」

あまりにも答えにくい質問に、クレアは口を噤んだ。

言葉を選ばなければいけないのはわかっているが、それにしてもいい印象が少ないのだ。

けれど、目の前の国王にピリリとした緊張は走っていない。これも、肉親としての言葉なのだろう。

(国王陛下は、本当の感想を求めている気がするわ……)

穏やかで優しい視線に促されて、クレアは口を開いた。

「ジルベール殿下は……正直なところ、よくわかりません。パフィート国の第一王子・ヴィーク殿下からは非常に優秀なお方だと伺っていましたが……」

この先に続くのは、あまりにも思慮が浅く理解できない行動が多い、という言葉だった。友好国から人をさらい、しかもそれが犯罪者と知ってなお引き渡しを拒否する。

どう考えても王族の器ではないだろう。

しかしさすがにそこまでは言えない。どう言葉を濁そうか迷ったところで、国王はブフッと噴き出した。

「さすが、クレア嬢はヴィーク殿下が婚約者に選ぶ方だ。小手先の褒め言葉でかわされたらどうしようかと思っていたところだ。実際、ジルベールのことをそうやって褒めちぎる人間も多い。しかし、そんな人間は我が国としても信頼できないと思っている」

試していたことをあっさり白状されて、クレアは目を瞬いた。

どうやら、この国王陛下はジルベールが第二王子としてふさわしくないと認識しているようである。

「もしよろしければ、お話をお伺いしてもよろしいでしょうか」

クレアの問いに、国王陛下は優しげだった表情をさらに柔らかく綻ばせた。

「ああ。ジルベールは幼い頃から優秀でね。馬術、剣術、勉強……何をやらせても素晴らしい出来だった。お隣の大国パフィートで優秀と評判のヴィーク殿下とも同世代だ。この二人の時代になったら、さらに安泰だと思えるほどだった」

「……それは」

ヴィークの評判は噂通りだが、正直なところジルベールについては首をかしげるしかない。

国王はクレアの微妙な反応にまた苦笑した後、目を細めた。

「五年ほど前だったかな。ジルベールは大階段の一番上から下まで落ちて頭を打ったんだ。それから、息子はすっかり変わってしまった」

「変わった、とは……」

「大きな事故だったんだ。一命は取り留めたが、頭を打ったせいですっかり別人になってしまった。元は年齢にそぐわない冷めたところのある息子だったんだが……今ではあの通りだ」

「………」

あの通り、とは今のジルベールそのままを指しているのだろう。

ため息まじりの言葉に、国王が相当ショックを受けたのだろうということが窺える。

「今日の狩猟大会も急な開催で驚いただろう？　だが、あまりにも必死に頼み込まれてね。ついい、私の名前を貸してしまった。ジルベールは王族としての資質は欠いているが、それでも私はあれにどうしても目をかけたくなるんだ。誰よりもこの国のためを思っているということは伝わってくるからね」

「ジルベール殿下のどの言動も、特別な悪意はなく誰かのために必死だということはわかりますわ」

「この狩猟大会はジルベールの気を済ませるために開いたようなものだ。終わり次第、クレア嬢のことはこの国に留めおかないようにする。妹のシャーロット嬢についても速やかにノストン国へ引き渡そう。だから、あと少しだけ付き合ってやってほしい」

「国王陛下……かしこまりました」

国王からの真摯な謝罪にクレアは面食らった。

同時に、ジルベールは頭を打ってから人が変わり王族としては不適格だと思われつつも、国王から深く愛されているのだということもわかる。

（五年前にジルベール殿下が頭を打ったとき……彼の心の中で何かあったのではないかしら）

そこで思い浮かんだのは、ガラスで囲まれたあの部屋である。

別人格のときのクレアが友人と過ごし、ゲームを楽しんでいたあの部屋。

元から、ジルベールが他の世界の人間というのは予測がついていた。けれど五年前から、というのが気になる。

クレアが王立貴族学院を逃げ出した夜に初めて向こうの世界を見たのと同じように、もしかしてジルベールも五年前に何かを見たのではないだろうか。

(それが、無理にイベントを起こしたりシャーロットを匿ったりという不思議な行動に繋がっている……?)

推測でしかないが、大きく外れているとも思えなかった。

考え込んだクレアに国王は告げてくる。

「クレア嬢はパフィート国で王妃教育を受けているのだろう。我が国における狩猟大会の意味は知っているかな」

「はい。古くは、結婚相手を選ぶためのものだったと」

「そうだ。その女神の座にあなたを据えようとしたこと、ヴィーク殿下が知ったらお怒りになるだろうね」

「……」

少しだけ想像してみる。

リュイはヴィークが荒れると言っていたが、それは気安い仲間内の話だ。

外交が絡むのであれば、そつなく然《しか》るべき振る舞いをするのだろう。

「そのようなことはないかと。ご自分の立場をご理解されているお方ですから」

「そうか。ジルベールとほとんど年が違わないのに、羨ましいことだ。ジルベールが変わってしまってから、私はヴィーク殿下と話すのが楽しくてね。もちろん、ジルベールも大切な息子だ。だが、かつての二人はよく似ていたからジルベールを思い出すんだ」

感傷に浸る国王に、クレアは何と答えたらいいのかわからなかった。

会話を終えた国王は立ち上がると「これで失礼するね」とクレアに告げる。

テントの入り口まで歩いて見送り、外で待っていたメイドのところまで来たとき、国王はニヤリと笑った。

「あらためて、本当にうちの愚息がすまない。知らせは出してある」

(――知らせ……？)

パフィート国とノストン国へはジルベールからの要求がおかしいと気がついてすぐに知らせを出し、明日にはヴィークが迎えに来てくれるはずである。

意味がわからないクレアに、国王は意味深に微笑んで去っていった。

(ルピティ王国の国王陛下は、ただジルベール殿下の印象を聞くためだけにここへ……？いいえ、そんなのは不自然だわ)

少し離れた場所にある『女神用のテント』からはシャーロットを中心とした楽しげな声が聞こえてくる。

本当は、今すぐにシャーロットの手を摑んでルピティ王国を去りたい。

しかし、今のクレアの立場を考えると、自分の考えだけで行動することはできない。

少なくとも、明日ヴィークが到着するまでは我慢をしないといけなかった。

会話を聞きながら、動いてはいけない自分に腹を立てていると、その怒りの矛先になりうる張本人がクレアのテントに顔を見せた。

「クレアお姉様。こちらに来て一緒にお話しししません？」

「シャーロット……」

マルティーノ公爵家にいた頃から好んでいたフリル多めのデザインのドレスに、丁寧に手入れされ結われた髪。

あまりにも恵まれた環境で過ごすシャーロットとは対照的な、肩身の狭い思いをしている兄二人の姿が思い浮かんで、クレアは静かにシャーロットを睨みつけた。

「シャーロット。あなたはノストン国で大きな罪を犯したの。その上逃げ出すなんて、絶対に許されることじゃないわ。まもなく私と一緒にノストン国へ戻るのよ」

「え？　嫌ですわ。だって、私は悪くないもの」

「……悪くない？」

クレアは自分の耳を疑ったが、残念なことに聞き間違いではないようだ。

シャーロットは可憐《かれん》に微笑んで続ける。

「はい！　私は悪くないです。私はただ一番かっこいい人を攻略したかっただけなんだもの。それに、ここは私のための世界なのよ？　白の魔法を使ったのもただ目的を達成したかったからで、悪気はなかったし。だから、私は悪くないの。うん、私は悪くないもん」

（悪くない、って……。話が通じないわ）

悪気はないから自分は悪くない、と繰り返すシャーロットを前にクレアは頭痛と目眩《めまい》がしてくる。

マルティーノ公爵家のかわいい末っ子、という仮面を取ったシャーロットはただのモンスターでしかない。

魔法が使えない上、マルティーノ公爵家の後ろ盾もなければ、本来は令嬢扱いをされることもないはずだった。

本当なら、今だってクレアがシャーロットの手を掴んでノストン国まで転移魔法を使えば済む話だ。マルティーノ公爵家に連れていき、然るべき処罰を受けさせる。

それを、ジルベールが外交を絡ませてややこしくしている。

静かに怒りを滲ませるクレアだったが、シャーロットは全く気にする様子もなかった。

「さっき、向こうのテントで皆様にクレアお姉様のお話をしていたところなんです！」

「……私の？」

「はい！　小さい頃から本当の姉のようにお慕いしていたクレアお姉様が大国の王子様に見初められた話をしたら、皆さんはしゃいでくださって。皆さん、姉妹で王族に嫁ぐなんてすごいですね、って」

「…………」

「クレアお姉様たちは私の魔力を壊したでしょう？　でも、皆様がはしゃぐのを見て、何が起きてもシャーロット・マルティーノが特別なことに変わりはないんだろうなぁって思ったの。私を囲むものはどれも素晴らしくて眩《まぶ》しくて煌《きら》びやか。私を引き立てて飾るためのものばかりなんだわ」

まるで夢の中にいるような発言を繰り返すシャーロットに、クレアは卒業パーティーの夜に感じたことをあらためて思い直した。

（……シャーロットが本当の意味で反省する日は来ないのかもしれないわ……）

マルティーノ公爵家では、シャーロットが見つかり次第北の修道院に行かせる予定でいる。囚人も受け入れている、更生を目的とした場所だ。

しかし、善悪の判断がつかないシャーロットにふさわしいのは本当にそこなのだろうか。いくら魔法が使えなくなっているとはいえ、言葉も通じ衣食住も保証される場所で一生を過ごすだけで、シャーロットは自分が犯した罪を認め悔いる日は来るのだろうか。

（……お兄様はどのようにお考えになるのかしら）

目の前でひたすら『私は悪くないもん』と繰り返すシャーロットを前に、クレアはため息をついたのだった。

シャーロットが去っていくのを見送ったクレアは、自分もテントから出た。

狩猟の時間はもうまもなく終わりなのだろう。随分と人が多くなっている。

その中に、獲物を捕まえたらしい参加者たちが交ざるようになっていく。

周囲を見回したクレアは胸騒ぎを感じた。

（リュイがまだ戻っていないわ……）

制限時間まであと少しというところになっていたが、ほとんどの参加者が戻ってもリュイの姿が見えない。

リュイのことだ。どんなことも自分で切り抜けられるだろうが、何か想像を超える予定外のことがあったのではないかと次第に心配になっていく。

「ジルベール殿下がいないな、何か知らせはないか」

その声に、拠点が一気にざわめいた。

「何だって？　本当か！」

「誰が護衛についているんだ？　信号弾はどうした」

「それが、今回は白フクロウのプウチャンだけで十分だと……狩猟に参加した者も、途中で見失ったらしい。信号弾も一つしかお持ちではない。最近のジルベール殿下は魔法をあまり使わないから、信号弾の使用に失敗したら大変じゃないか。居場所を知らせられない」

（ジルベール殿下もお戻りでないのね）

どうやら、リュイだけではなくジルベールまで戻っていないらしい。

さっきまで穏やかだった森に緊張感が漂い始める。

「ジルベール殿下は王族なんだ。居場所がわかる魔法道具をお持ちだろう」

「それが、一体どういうことなのかここに置いてあります」

「何でこんな大事なものを置いていったんだ⁉」

「ここまでとは。子どもの頃の聡明なジルベール殿下はどこへ行ってしまったんだ」

「とにかく捜しに行こう。このままでは狩猟大会は中止だ」

どうやら、事態は想像よりずっと深刻らしい。

（きっと、リュイのところまでなら転移魔法で飛べるわ。もしかしてジルベール殿下と一緒かもしれない）

クレアがそんなことを思ったそのとき、森の奥深くの方で一閃《いっせん》、空に向かって光の柱が伸び上がった。

日中でもわかるほどに眩しく、煌々《こうこう》としてはっきりとした光。

普通の信号弾は空に向かって打ち上がればそれまでだが、その光は居場所を指し示すように輝き続けている。

それを見て、皆が息を呑んだのがわかる。

「あれは……、魔法の信号弾だ」

「ジルベール殿下か？」

「それはないだろう。あれは、上位の魔力の色を持った騎士しか使えないものだ」

「とにかく行ってみよう」

騎士たちが出発の準備を整えるのを横目で見ながら、クレアは思う。

（きっと、あれはリュイだわ）

あの光の柱の下にはリュイがいる。そしてリュイの能力をもってすれば、ここまで一人転移魔法で戻ってくることなどわけない。

それをしないということは、リュイがそうできない状況にあるということだった。

（恐らく、ジルベール殿下と一緒なんだわ。加えて、助けを呼ぶほどの何かが起きている）

そうしているうちに、数騎の騎士たちが光の方へ向かって駆けていく。

そこへ、制限時間をオーバーし、今戻ってきたばかりらしい狩猟大会の参加者の声が聞こえた。

「さっき聞いてきたんだが、ブラック・ドッグが出たらしい」

「ブラック・ドッグってアカデミーで習った魔物だよな？　この森にそんなものが出るはずがないだろう？　何言ってんだ」

「それがいたんだよ。森の中を散歩していた老夫婦が、奥深くに建てられた小屋に入っていくブラック・ドッグを見たらしい」

「何だと」

「奥深くの小屋って、魔法の信号弾が上がった方向だな」

(……リュイ……!)

握った手のひらにじわりと汗が滲む。

魔物の知識はクレアにもある。ブラック・ドッグといえば、その中でも強く凶暴な部類の魔物である。

もしリュイが遭遇していたら。

どんなに優秀な騎士でも隙は生まれるし万一はあるのだ。

そう思うと体が震え、指先が冷たくなっていく。

(転移魔法を使えば、仮にもしリュイが怪我を負っていたとしてもここに連れて戻れるわ。すぐに魔法を発動すれば逃げ切れるはず。王城にさえ戻ってこられれば医師も聖女さまもいらっしゃる)

心を決めて立ち上がったクレアの視界に映ったのは、森の奥に映るいくつかの影だった。

それは段々とこちらに近づいてきて、影が大きくなっていく。

その中の一人はリュイだった。

(リュイ!)

クレアは安堵の息を吐き、駆け寄ろうとする。

そこで、その背後に見慣れた人物がいることにも気がついた。

先頭を行く馬にはヘロヘロになったジルベールが乗せられている。

顔は真っ青で、姿勢を保てず騎士に片手で支えられている状態だ。第二王子としては、とてつもなく情けない姿勢である。

その背後にジルベールを迎えに行った数人の騎士。そして、リュイ。さらにその後ろには一体どういうことなのか——。

「ヴィーク!?」

クレアが彼を見間違えるはずがない。

わずかな木漏れ日に透けるブロンドの髪と、普段はあまり身につけることがない乗馬服。この格好で馬に乗っているのを見たのはしばらくぶりな気がする。

あまりにも不意打ちすぎて、クレアの頭の中は現実に全く追いつかない。

とにかく、彼が迎えに来てくれるのは明日ではなかったのか。

唖然《あぜん》として立ち尽くしているうちに、一行は拠点まで戻ってきた。

先頭の馬の上でジルベールの魂は抜けたままだ。

それを護衛騎士らしき人間がぺちぺちと頬を叩いている。けれど、しばらくは正気を取り戻しそうにない。

一方で、何も言えずただ目を瞬くクレアの前にヴィークは降り立つ。

そしてつい直前までの王子様然とした表情を崩し、ふわりと微笑んだ。

「クレア。ルピティ王国はどうだ？　我がパフィート国にとって重要な友好国だ。収穫はあったか」

「……ヴィーク……」

余裕たっぷりのいつもの振る舞いにほっとする。

正直なところ、ジルベールのせいで収穫は皆無どころかマイナスである。

けれど、さっきまでリュイが魔物に対峙していると思い込み、冷たくなった指先に熱が戻り始める。

その後、やっとのことでこの数日間の不安だった想いが一気に晴れていく。

頼りになって、相手と対等に接することができる彼の到着に心から安堵した。

（けれど、一体どうしてこんなことになっているの……？）

頭の中が「？」でいっぱいになっているクレアに、馬から下りたリュイがことの顚末《てんまつ》を教えてくれた。

「森の奥で、ジルベール殿下の悲鳴が聞こえたんだよね」

「悲鳴……？」

「そう。それなのに信号弾も打ち上がらないし、魔力の気配もないしで捜してみたら、こんなことになっていた」

こんなこと、で指し示されたのは、馬の上で体を支えられたまま動くことすらできない状態のジルベールである。

こんな状態になってもプライドはあるらしく、掠《かす》れた声でせめてもの抵抗を試みている。

「そ……それ以上言わないでくれ……」

不機嫌そうにそれを一瞥《いちべつ》したヴィークは道を開ける。

その先には荷馬車があって、大きくて真っ黒い毛むくじゃらの何かが荷台いっぱいに載っていた。

それにゆるく視線を送ったヴィークは、顔を引きつらせて息を吐く。

「何だって、狩猟大会に参加しておきながら獲物の前で腰を抜かす隣国の王子を助けないといけないんだ」

拠点にキャーッと悲鳴が響き渡る。

テントから様子を見に来た令嬢たちのものだろう。

その声でやっと、クレアもその毛むくじゃらの正体が何なのかを理解した。

(これは……書物で見たことがあるわ。これは魔物……さっきの噂通り、ブラック・ドッグと呼ばれるものだわ)

息絶えているものの、ひどく恐ろしい見た目をしている。

令嬢たちが怖がるのは当然のことだった。

「ジルベール　ヨワカッタ」

頭上にはプウチャンが止まっていた。

その声に、リュイが呆れたように言い放つ。

「この王子様は随分と運がいいね。森の奥の小屋の扉を開けたら、狩猟大会で優勝するのにぴったりの獲物が出てきたんだもの。まぁ、捕らえるだけの力がなかったみたいだけど。残念だったね」

「ち……違う……。これは私の魔物だ……。確かに助けを必要としたが、見つけたのは私だから、私のものだ……」

言っていることがめちゃくちゃである。

ジルベールはふらふらと地面に降り立ったものの、側にいた騎士に体を支えられている。

まるで生まれたての子鹿のような姿に令嬢たちからはクスクスと冷笑の声が上がり、近くにいたヴィークも仕方がないという様子で手を貸した。

「ジルベール殿。無理することはない。護衛に部屋まで運んでもらうといい」

「……っ。それは嫌だ……。大体にして、どうしてヴィーク殿下が今日ここに？　到着は早くても明日だと聞いていたはずなのに……！」

「クレアの滞在日程を延ばしたいという要請のほかに、貴殿のお父上から今日は狩猟大会があると知らせを受けたからな。知らせを受けてすぐに出発したから、あくまでこちらとしては予定通りだが？」

「父上……国王陛下が……？　どういうことだ……！」

澄ましたヴィークの返答に、ジルベールは心底悔しそうにしている。

しかし、ヴィークは追及の手を緩めない。

「貴殿とは昨年のルピティ王国への訪問では共に過ごす機会がなく、王立貴族学院の卒業パーティーでは挨拶を交わしただけだったな。以前とは随分イメージが違う感じがするが、どんな心境の変化が？」

「そっ……それは」

「ジルベール・エクトル・ラグランジュは非常に優秀で切れものだった記憶こそあれ、ブラック・ドッグに腰を抜かし、他国の王子の婚約者を無理やり国に留めようなんてそんな浅はかな人間だった覚えはないんだが」

「……とっ、とにかく！　狩猟大会は我が国の重要なイベントだ。女神からの祝福は勝者のものだし、従わなかった場合は国の未来が暗くなるとされているんだ。絶対に口出しはさせないからな」

「それはつまり――」

ヴィークの眼差しが鋭いものになったとき、ジルベールの肩に大きな手が置かれた。

「ヴィーク殿下。しばらく会わないうちに、また随分と立派になられた」

国王の登場に、ジルベールは目を泳がせて口をモゴモゴさせている。

ヴィークはそのことは気にも留めず、王族らしい挨拶を述べた。

「ルピティ王国国王陛下。ご無沙汰しております。このような場所からお目にかかることになり申し訳ございません」

「魔物……ブラック・ドッグなんて、広大な領土を持つパフィート国でもめったに見ることがないだろう」

「ええ。正直、驚きました」

仲が良さそうに話し出した二人に、周囲はぽかんとした空気に包まれる。

数人の貴族令息や護衛騎士はヴィークの正体に気がついているようだが、さすがにテントでお茶をしていた令嬢たちや下位の貴族令息は隣国の王子の顔を知らないらしい。

あれは誰だ、という視線がそこらじゅうを漂っている。

空気を読まないリュイが、リュイにしては珍しい営業スマイルで紹介する。

「パフィート国の第一王子・ヴィーク殿下です。ジルベール殿下に足止めをされた婚約者のクレア・マルティーノ様をお迎えにいらっしゃいました」

「!?」

「パフィート国の第一王子殿下!?」

「ジルベール殿下が大国の婚約者を足止め、ってどういうことだよ……」

にわかにざわざわとした空気が広がっていく。

木に止まっていたプウチャンがジルベールの肩に舞い降りて止まり、流暢《りゅうちょう》に喋った。

「ジルベール　ポンコツ。シュリョウタイカイハ　シッパイシマシタ」

「ちっ……違う！　それよりも、私がやっと無事に戻ったんだ。早く狩猟大会のメインイベントにあたる表彰式をやろうじゃないか」

「シュリョウタイカイノ　メインイベントハ　シュリョウ　ダロ。ナニ　イッテンダ」

「プウチャンは黙っててくれ。ここからが大事なんだ。……ルピティ王国の狩猟大会では、勝者が女神の祝福を受けるんだ。女神はこちらへ」

クレアに向かい恭しく宣言するジルベールに、一人の令嬢が首をかしげる。

さっきまでシャーロットと共に同じテントでお茶をしていた令嬢だ。

「ええと、女神というとシャーロット・マルティーノ様のことですわよね」

「は？」

「ですから、シャーロット・マルティーノ様。お話は詳しくお伺いしましたわ。ジルベール殿下に婚約者がいらっしゃらないことを私たちはとても心配していたのです。ですが、もう既に才能溢れる名門のご令嬢とご縁をお持ちだったのですね」

「は？　え？」

ぽかんと口を開けたジルベールは心底間抜けな顔をしている。美しく碧い瞳を今にも落としてしまいそうだ。

けれど、狩猟の間じゅうずっとシャーロットの話を聞いていた令嬢たちは、ルピティ王国・第二王子の婚約者はもう決まったものと思い込んでいる。

「ジルベール殿下の意中のお方、シャーロット・マルティーノ様とは女神用のテントでお話をして仲良くなりましたのよ」

「明るくてかわいらしくて素敵なお方ですわね。最近のジルベール殿下にぴったりだと思いますわ」

「あら、シャーロット様はどちらに？」

「まだテントでお菓子を召し上がっていましたわ。お呼びしてまいりましょうか」

「そうですわね。ジルベール殿下、ご婚約おめでとうございます」

口々に告げられる言葉にジルベールは目を白黒させている。

「⁉　なんっ？　何でそんなことに。嘘だろう。冗談だろう。狩猟の間、女神のテントで過ごした人間でないと祝福は授けられない。それが伝統でありルールだ。だから私は確かにクレア嬢には内緒であのテントに案内したはずなのに……どうなっているんだ⁉」

焦りのあまり、ジルベールは話してはいけないことを口にしていることに気がついていない様子だった。

頃合いだと思ったのか国王陛下が立ちはだかる。

「ジルベール。嘘でも冗談でもない。クレア嬢とは、女神のテントとは違うテントで私が話をしていたからね。シャーロット嬢はお前が準備した派手な向こうのテントで楽しく過ごしていたようだぞ？」

「ち、父上！」

狼狽《ろうばい》し始めたジルベールに、国王は威厳を感じさせる声色で告げる。

「ジルベール。お前が五年前から変わってしまったのは知っている。それでも、この国を愛し、尽くす気持ちは深いものと思い接してきた。しかしノストン国の王立貴族学院の卒業パーティーから戻ってからというもの、さらに様子がおかしくなっただろう。国のためだというが、いくら知らなかったとはいえ罪を犯した人間を匿うのは看過できない。申し開きはあるか」

「父上……それは」

「パフィート国にはお前の言動を相談してある。特に、シャーロット・マルティーノについてはどんなにお前が留め置きたくても叶わないだろう。もし本当に深刻な理由があるのなら、皆が納得する理由を説明せよ。国の威信をかけねばならぬ事情があるのならな」

「……」

暗にパフィート国との関係悪化を示す国王の発言を聞き、ジルベールは顔を青くし、唇を噛みしめている。

不可解な行動ばかりの王子様のはずが今ばかりは真剣そうに見えた。

そして、決意したように重々しく口を開く。

「理由は言えませんが、クレア嬢には春の終わりまで私の恋人としてこの国に滞在してもらう必要があります。シャーロット嬢はそのための駒で――」

「では、事情については私がお伺いしましょう」

ぴくりと眉を動かして割り込んだのはヴィークだった。

クレアを恋人扱いしようとしたことに相当腹を立てているらしく、有無を言わさない鋭い口調である。

国王も当然という様子でそれに応じた。

「あいわかった。本件についてはパフィート国第一王子・ヴィーク殿下に任せることにしよう」

「ち、父上!? どうして私よりもヴィーク殿下の意見を優先なさるのです!」

「ジルベール。友好国の王位継承者の婚約者への扱いへの代償をしっかり払ってこい。私がお前に勝手を許したのも、お前が自分で責任を負える範囲までだ。ここがリミットだ」

「そんな……！」

「ジルベール　ゲームオーバー　カナァ」

プウチャンの言葉と同時に、ジルベールは膝から崩れ落ちた。

そのまま護衛たちによって担がれ、王城の方へと運ばれていく。

その周りをプウチャンが罵倒しながら飛び回る様は、とても気の毒に見えた。

それを眺めながら、クレアはヴィークに聞いてみる。

「ヴィーク。ジルベール殿下とのお話には私も同席してもいい？」

「もちろんだが……大丈夫か？」

心配してくれるヴィークにクレアは微笑みで応じた。

確かに、国へ帰さないと言われ不安な日々を過ごしたとあっては、普通の令嬢なら怖がってジルベールの顔すら見たくないだろう。

けれどジルベールの言動には気になるところがありすぎる。

同席せずにヴィークと話されては、この世界を作り物だとする視点があることを知られてしまう可能性があった。

(ジルベール殿下とルピティ王国の国王陛下のやり取りを見ていると、大丈夫だとは思うけれど……念には念を入れたいわ)

「わかった。ジルベール殿下とは今日この後、彼が落ち着いてから時間をとってもらうつもりでいる。そのときに同席を」

「ヴィーク、ありがとう」

これでジルベールが何を考えているのかもわかるし、この世界の皆が傷つくような発言をしようとするならそれを止めることができるだろう。

ほっとしたところで、ヴィークは国王陛下に向き直った。

「今日の狩猟大会を主催されているルピティ王国の国王陛下に申し上げます。こちらの獲物は私が捕らえ持ち帰りました。事前に参加の申し込みはしていませんでしたが、賞を獲る許可はいただけますでしょうか」

「ああ、もちろんだ。向こうに並べて、評価を受けるがいい」

「ありがたく存じます」

上機嫌な国王とヴィークの会話を聞いて、クレアは目を瞬いた。

「えっ？　このブラック・ドッグを捕らえたのはヴィークなの……？」

「そうだ。悪いか？　なかなかいい状態で持ち帰れたと思ったんだが」

「全然……悪くはないのだけれど、てっきりリュイが捕らえたのかと……」

馬車の荷台に転がっているブラック・ドッグは体の一部が荷台からはみ出てしまうほどの大きさだ。

生きていて飛びかかってきたなら、この見た目以上の恐怖を感じるだろう。

（ヴィークが無事でよかったわ……）

驚きと心配で言葉を失ったクレアにリュイが教えてくれた。

「正確には、私が魔法で動きを鈍くしたところをヴィークがやった、かな。ヴィークも意外と得意なんだよ。これぐらいなら全然いけるよね」

「まぁな。だからどこも怪我をしていないし平気だ。心配には及ばない」

「それにしても、ヴィークは最近体を動かしてないから鈍《なま》ってるね」

「俺の書類仕事がたまりすぎているせいでキースが付き合ってくれないからな。剣の稽古をするぐらいなら書類に判を押してほしいと」

「気持ちはよくわかる」

なるほど。この調子なら、本当に何ともないのだろう。

魔物への対処は国の騎士団が行うことが多いと聞いていたが、上位の色の魔力を持つ魔法に秀でた者と剣の腕に優れた者が揃っていればそこまで難しくはないのかもしれない。

もちろん、そのふたつが揃うことは国の騎士団などでない限り難しいのだろうけれど。

とにかく、ヴィークとリュイの組み合わせは特別すぎた。

そうして、二人の会話をぼうっと見つめていたクレアはハッとする。

(ジルベール殿下は担がれて王城に戻ってしまったけれど、狩猟大会は中止になったわけではないのよね……？)

重要な事実に気がついたとき、奥のテントから声がした。

「結果が出ました。今日の大会で最も大きな獲物は、ブラック・ドッグ。優勝はブラック・ドッグを捕らえたパフィート国第一王子のヴィーク殿下です」

（……!?）

王城裏の森、テントが設営されたエリアにわっと祝福の歓声が響く。

お祝いムードに包まれながら、リュイとヴィークはクールに頷き合っている。

「まぁ、順当だね。倒すのにコツがいる魔物を捕らえても優勝できない大会なんてさすがにないだろうから」

「ジルベールが連れているプウチャンがわりと容赦ないタイプで助かったな。普通は魔物なんて連れてこないでせいぜい狼ぐらいにするものだ」

ズルをしたせいでこんな結果を招いたことは気の毒だが、そもそもジルベールが細工をしなければよかった話である。

残念すぎる王子の姿を思い浮かべ息を吐いたクレアの手を、ヴィークが優しく取った。

「クレア。それで、ルピティ王国の狩猟大会は特別な意味があるんだったな」

「ええ……古くは王族が求婚するために設けられた行事だったと」

ヴィークのエメラルドグリーンの瞳に見つめられ、どきりとする。

急に心臓がうるさく音を立て始めるが、ヴィークはそれを狙っていたかのようにクレアの手の甲に口づけをし、軽く微笑んだ。

「だからこそ、ルピティ王国の国王陛下から知らせを受け、元々急いでいたところをさらに急いで今日到着した」

「ヴィーク……？」

「勝者への褒美に、女神からのキスを」

「……！」

本当に待ってほしかった。

こんなにたくさんの人がいるところでのキスを迫るヴィークに、クレアは顔を真っ赤に染めて固まるしかない。

（待って……！　本当に……!?）

周囲の注目を一身に感じながら、クレアはこの場を切り抜ける術へと考えを巡らす。

けれど、驚き半ばパニックになっているせいで何も思い浮かばなかった。

しかも、今目の前にいるヴィークは外仕様のヴィークだ。

王子様らしく余裕たっぷりに見つめてくる様に、逃げ場を探せない。

そのうちに、事情を察した国王も面白そうに口を挟んでくる。

「狩猟大会は我が国の伝統的な行事だ。まぁ、昔は『女神が祝福を拒むと未来には暗雲が立ち込める』――とか何とか言われていたが、あくまで迷信のようなものだ。私はめちゃくちゃ信じているが、そんなのは関係ない。未来に暗雲が立ち込めるのはパフィート国ではなくルピティ王国かもしれないが、それも関係ない」

「……⁉」

ユーモアをきかせたヴィークへの援護射撃に、ヴィークは軽く噴き出しクレアは縮み上がった。

(そもそも女神はシャーロットではなかったの……⁉　ううん、でも今ここでそんなことを言っても野暮でしかないわ……)

クレアは覚悟を決め、楽しそうに自分の指先を弄んでいるヴィークに向き直った。

「少し屈《かが》んでくれる？」

「ああ」

二人の身長差のせいで、このままでは祝福のキスができない。

いつもはヴィークの方が自然と屈んでくれていたことに気がついて、クレアはまた頬を赤くした。

ほんの少しだけつま先立ちになったクレアは、ヴィークの頬に口づけを落とす——はずが、唇が触れる直前で顎のところに手を添えられた。

「⁉」

そのまま唇が重なって、見守っていた周囲からは大きな拍手が沸き起こる。

口づけはほんの数秒の間だったはずなのに、クレアにとっては信じられないほど長い時間に感じられた。

「ヴィーク！」

「悪い。数年早い予行演習だ。許せ」

キスが終わった後小声で抗議したクレアだったが、ヴィークはとてもうれしそうに笑っている。

その姿を見ていたら、怒りたかったはずのクレアにもくすぐったいような感情が湧き上がった。

（予行演習、って……。そうだわ。何だか、この雰囲気はまるで結婚式のようだわ）

二人は一六歳だ。いろいろな事情もあって婚約式は身内だけで行われたし、結婚式は数年先になる。

子どもの頃から自分の感情よりも国を優先することを教え込まれたクレアとヴィークは、結婚までに守り続けなければいけないあれこれに不満を持ったことはない。

けれど、ヴィークが結婚の日を楽しみにしてくれていることを初めて肌で感じ、素直にうれしくなる。

そうしているとシャーロットの無邪気な声が聞こえた。

「あ！　パフィート国の王子様！」

口の周りにお菓子のくずをつけているシャーロットは、つい今さっきまで女神用のテントでくつろいでいたところだったようだ。

やっとジルベールがいないことに気がついたらしく「ジルベール様はどこ?」とお友達になった令嬢に声をかけている。

「……ジルベール殿下の前に、お前と話す必要があるな」

そう告げたヴィークの声音は、ほんのわずか数秒前までの甘い響きを全く感じさせない。

シャーロットがクレアに害をなす人間だとわかりきっているだけに、ひどく冷たかった。

話し合いの場として準備されたのは、王宮内の客人をもてなすためのサロンだった。

太陽の光をよく通す大きな窓と、ガラスで作られたテーブル、ガラス細工が施された調度品。

ルピティ王国らしいそれらに囲まれて、クレアはシャーロットと向かい合わせに座っていた。

隣にはヴィークがいて、背後にはリュイ、キース、ドニが控えてくれている。

ちなみにディオンはお留守番だった。ヴィークの指示で、ルピティ王国へ行くよりもレーヌ家での家庭教師の仕事を優先させたらしい。

確かに、護衛総出でクレアを迎えに行くとなるとただごとではないという印象を与えてしまう。

レーヌ家や国内の貴族に余計な心配をかけないため、これが正しい対処なのだろう。

「ここはルピティ王国です。ジルベール様が私をここへ連れてきた以上、お姉様たちは私をノストン国に連れ戻すことはできません。ジルベール様が許しませんわ」

澄まして話すシャーロットの隣にはジルベールが座り、その肩にはプウチャンが乗っている。

プウチャンはあくびをして眠そうだが、ジルベールの顔は変わらずに真っ青だった。

（ジルベール殿下……一応、自分が何をしていたのかはわかっているのね……）

けれど、それを見てもヴィークは厳しい表情を崩す気配がない。

「ジルベール殿下とは後で話す。まずはシャーロット、お前だ」

「だからぁ、私はジルベール様の、」

「この件に関しては、ノストン国のマルティーノ公爵家から俺が一任されている。オスカー殿はわざわざ迎えに来ると言っていたが、ノストン国からルピティ王国までは長旅となる。それまでお前をのさばらせておくわけにはいかない」

「のさばらせる、って」

「そのままの意味だ」

ヴィークの言葉にシャーロットは目を見開いて固まった。

「……ひどいです」

（……シャーロット）

数秒後、シャーロットの手の甲に涙がぽたぽたと落ちる。

一度目の人生で、こんなシーンをクレアは幾度となく見てきた。

家族が揃うダイニングルームで、王立貴族学院の生徒会室で、あるいは寄宿舎で。

シャーロットの涙は不思議だ。洗脳という魔法を使っていなくても、その場にいる人々の心を動かし味方に変えてしまう。

これまでに何度やるせない気持ちになってきたことか。争っても無駄だと察し、諦めたのはいつのことだっただろう。

自尊心と引き換えにシャーロットをかわいい妹だと思えれば救われた、かつての自分を思い出す。

けれど、今日は隣にヴィークがいる。

（ヴィークは……シャーロットの涙に心を変えることがないわ）

そうやって心から信じきれる相手と出会えたことがクレアには本当に幸せなことだった。

ヴィークの冷静な声色がサロンに響く。

「我が国パフィートとルピティ王国は固い絆《きずな》で結ばれた友好国だ。ジルベール殿下もそれをよく理解しているはず。お前のことは速やかにパフィート国経由でノストン国へ移送する。その後はマルティーノ公爵家の当主・オスカー殿次第だ」

「そっ……そんな！　……ジルベール様、何かおっしゃってください！　私をここへ連れてきたのはあなたですよね⁉　ていうか、私はジルベール様の婚約者なんじゃないんですか！」

シャーロットに指名されたジルベールが力なく答える。

「さっき、狩猟大会の会場でも思ったのだが、シャーロット嬢はどうしてそんな勘違いを？　私はそのようなことは一度も口にした覚えがないんだけど……」

「嘘！　ご令嬢方がおっしゃっていたわ！　わざわざ隣国の公爵家令嬢を呼び寄せるなんて、特別に将来を考えている関係以外ありえないと！」

「君がどんな風に話したのか知らないけど……少なくとも私にそんな気は」

「ええっ？　私がこの世界のヒロインなのに？　普通、隣国の王子様ってヒロインを好きになるんじゃないの⁉」

悲鳴に近いシャーロットの叫びを皆がうんざりした様子で聞き流す。

――ただ一人、ジルベールを除いては。

ジルベールは隣に座るシャーロットを凝視したまま動けなくなっている。

それをクレアは見逃さなかった。

（ジルベール殿下はシャーロットの『ヒロイン』という言葉に驚いているわ。きっと意味がわかるのね）

つまり、この場には三人の異分子がいる。

ジルベールとシャーロットがクレアのようにこの世界を愛し生きているのかはわからない。けれど、少なくとも三人にはここがゲームの世界という認識があり、それぞれの目的は違うのだろう。

クレアができるだけ冷静に状況の把握に努めていると、シャーロットはより一層怒りをあらわにした。

「ひどいわ！　本当に私のことを騙《だま》して利用していたのね！　許せない……！」

「シャーロット。とにかくノストン国へ戻りましょう」

「クレアお姉様はいつも綺麗事ばっかり！　離してよ！」

立ち上がり、手を引こうとしたクレアをシャーロットは突き飛ばそうとする。瞬時にヴィークが間に入り、シャーロットは制止された。

クレアは幼い頃から自分に護衛が付けられている意味を知っていた。

もちろんそれは身を守るためだが、家を守るためでもある。誰かに利用されて家名を貶《おとし》めることがあってはならない。

そのことはシャーロットにも伝えてきたはずだった。少し前のクレアなら、ここでまたシャーロットに教え諭していた可能性もある。

けれど今はもうそんな気になれない。それどころか、話したところでどうにもならないという無力感に襲われる。

だって、根本的なものが違うのだ。

（シャーロットの一件はマルティーノ公爵家に委ねられている。それを判断するのはお兄様だけれど……）

本当にそれでいいのだろうか。シャーロットなら修道院を脱走する可能性は大いにある。いくら王都から離れた北の地といっても、道が完全に断たれるわけではない。

魔法が使えなくても、甘い言葉で周囲を籠絡し逃げ出し、その先でまた誰かを不幸にするのではないか。

ヴィークもクレアと同じ懸念を持った様子だった。

「クレア。これを修道院送りで済まそうとするのは甘すぎるんじゃないか」

「……」

答えられないでいると、シャーロットがまた金切り声を上げる。

「修道院⁉ それって私じゃなくてクレアお姉様が行く場所でしょ⁉ 何でそんなことになるのよ！ おかしいわ！ 私は悪くないのに！ 私悪くないもん！」

サロンが騒然とする中、ぼうっと様子を見守っていたジルベールは弱々しく衛兵を呼び言いつけた。

「シャーロット・マルティーノを地下牢に。鍵は物理的なものと魔法によるものを複数併用し、監視には女性の騎士をつけてくれるか」

「地下牢⁉　どうして⁉　私悪くないのに！　は、離して！　触んないでよ！」

騒ぎながら、シャーロットは衛兵に連れられてサロンを出ていった。

室内に飾られたガラスのオブジェに反響していたシャーロットの声が収まった後で、ジルベールはくずおれる。

と思ったら、そのまま額を大理石の床にくっつけ、懇願を始めた。

「……申し訳なかった。だが、どうか春の終わりまではクレア嬢にこの国にいてほしい。どうか力を貸してほしい。ジルベールルートでハッピーエンドは叶わなかったが……もうこの世界が消えるのを見るのは嫌なんだ。頼む、お願いだ。春の終わりまで、あともう少しだけ……！」

あまりにも必死な様子に一同は絶句した。

いつもはおしゃべりなはずのプウチャンまで目をまん丸にして黙ってしまっている。

今、ここでジルベールが言っていることの意味がわかるのはクレアだけだろう。けれど、目の前の異様な光景に誰も言葉を発せない。

そこで沈黙を破るのは、クレアだった。

「ジルベール殿下。春の終わりに何があるのでしょうか？」

「……っそれは。どうせ、言っても信じてもらえないだろう。ますます胡散臭いと思われてクレア嬢がここを去るのだけは嫌なんだ。お願いします、どうか、理由は聞かず春の終わりまではこの国に。頼む。お願いします」

ジルベールは頭を上げることはない。変わらずに必死で懇願している。

ヴィークはその肩を支え、抱え起こした。

「まずはその姿勢をやめてくれ。顔が見えず冷静でなくては、まともに話もできないだろう？　俺が知っているジルベール・エクトル・ラグランジュはそれぐらいわかっているはずだが？」

「ヴィーク殿下……」

親密さを感じさせるヴィークの言葉に、ジルベールはやっと顔を上げる。

そこへ、念押しするようにヴィークは告げた。

「パフィート国の国王からは、何やら迷走しているルピティ王国の第二王子を助けるようにと言われてきた。どういう偶然か、さっき貴殿の父上から同じような要請を受けたな。これは両国の国王からの命令に当たると思うんだが。事情を話してくれるな」

「……っつ」

意味を理解したジルベールの頬に少しだけ赤みが戻ったように見えた。

唇の震えも止まり、落ち着いてきたようである。

キースに助けられてさっきまで座っていたソファに腰を下ろしたジルベールは、まだ真実を打ち明けることを躊躇っている様子だった。

「ジルベール。ソロソロ　イッタラ。マタセスギルト　キラワレルヨ」

「プウチャン……！　こんなときまで辛辣すぎないか……」

しかし、プウチャンからの手厳しい励ましに心を決めたようである。

自信なさげに、おどおどとしながら告げてきた。

「私の人生は……これで三回目なんだ」

「……！」

サロンにぴりりとした緊張が走る。

どうやら、その反応はジルベールの想像とは違ったものだったらしい。皆を見回して、心底不思議そうに首をかしげた。

「どうして笑わないいんだい？」

ここにいる皆はクレアの人生が二度目だと知っている。だから、ジルベールの人生が三回目だと聞いても驚きこそすれ笑うことはない。

答えを知るクレアは、できるだけ冷静な声色で答える。

「……まずは、ジルベール殿下のお話を」

「ああ、そうだったな……。私は三回目の人生を送っている。始まりは決まって一四歳のある日、階段から落ちた後。終わりも決まっていて、一九歳の春に起きる魔力竜巻によって人生が終わる」

「……この後に起きる魔力竜巻のことを知っているのか」

自分の発言を肯定するヴィークの返答に、ジルベールは縋《すが》るようにして続けてくる。

「わかってくれるのか……！　あれはただの魔力竜巻じゃないんだ。史上最大規模の……あんなものはどの歴史を記した書物でも見たことがない。この国を丸ごとすっぽり包んでしまうような、どす黒い空が現れるんだ。魔術師を集めて対策を相談しているうちに、それは形になり……この国を飲み込んでいく。決まって私にはその先の記憶がない。一四歳に戻ってしまうからだ」

「……！」

あまりにも具体的な話に、皆が息を呑むのがわかった。

（ジルベール殿下が春の終わりまで私を留めたかったのはそのためなのね。シャーロットに白の魔力がないと知って興味を失ったこととも繋がるわ）

少し前、魔力竜巻について考えたときに浮かび上がった疑問が思い出される。

向こうの世界で、クレアは友人の『璃子』に全く別の世界線にあるファンディスクのストーリーを聞いた。

そこでヒロインはバリア魔法を使って魔力竜巻から王都を守り、王子様から舞踏会に招待されるのだという。

しかし、バリア魔法によって守られなかった他の国々はどうなったのか。

魔力竜巻は数日間にわたって消えず、世界を破壊し尽くす恐ろしいものだ。パフィート国以外は守られず、消えてしまった国があったとしてもおかしくはない。

ふと、ルピティ王国への訪問を決めた日に夢で見た、ガラスの向こうの部屋のことが思い浮かぶ。

その部屋のテーブルに置かれた本には『破滅を迎える国、ルピティ王国の謎を解く新シリーズ』の文字があった気がする。

（わかったわ。ジルベール殿下はあの新シリーズの攻略対象者なのね。そして、謎が解けずにずっとループし続けている……）

きっと、ジルベールルートのシナリオではハッピーエンドを迎えると魔力竜巻で被害を受けることがなくなるのだろう。

だから、不自然にイベントを起こしてでもどうにかしてクレアとのハッピーエンドを模索していたのだ。

「もう、どうしたらいいのかわからないんだ。救世主となるはずの君はなかなか現れないし、やっと見つけてもこんなことになってしまった」

ジルベールの話は『この世界が乙女ゲームの世界だ』という核心に触れない。

どうしてなのかは同じ境遇であるクレアには何となくわかる。

そして、こうして皆への気遣いがあることを考えると、悪い人間ではないのだろう。

ただ一つ不幸だったのは、クレアがヒロインではなく、自分の意思で生きるリアルな人間だったこと。

全てが腑に落ちたクレアは、ジルベールへ向けてきっぱりと告げた。

「ジルベール殿下。私は、春の終わりまでこの国にいることはできません」

「そ、そんな……！」

「ですが、その魔力竜巻は必ず私が浄化しますわ」

「……!?」

ジルベールは鳩《はと》が豆鉄砲を食ったような顔をしている。

それに向かい、クレアは努めて冷静に説明する。混乱している彼の心配事をなくすように、ゆっくりと。

「ジルベール殿下が私をこの国に留めおきたいのは、浄化魔法を放ってほしいからですわね。ですが、魔力竜巻は同じようにパフィート国も襲います。ですから、世界が被害を受ける前に私が浄化しますわ」

「そうか、パフィート国……！　なぜ私は気がつかなかったんだ。あの規模の魔力竜巻がルピティ王国を破壊したのだから、他国も無事ではないはずなのに……私は、何とひどいことを」

また震え出したジルベールに、ヴィークは何でもないことのように告げた。

「何を言っているんだ、ジルベール殿下。自国の民が何よりも大切で救いたいのは、どこの君主でも変わらない。恥じることはない。むしろ誇れ」

「ヴィーク殿下……」

「幸い、我が婚約者は類いまれな魔力の色を持っている。貴殿の恋人としてこの国においていくなどありえないが、違う形でなら力になれる」

「こんなに心配をかけたのに……本当に申し訳ない……」

ジルベールの碧い瞳には涙が光る。

それを拭いまた深く頭を下げると、揶揄《からか》うようなプウチャンの声が響いた。

「コレハ　ヴィークデンカ　トノ　ハッピーエンド　カ?」

やり取りを見ていたクレアの耳に、リュイの囁きが届く。

「プウチャンっていいキャラしてるね。連れて帰りたいぐらい」

「ふふっ。そうね」

(ここで、二つの異なる世界線の物語が一つになったんだわ。そして、ヒロイン不在・バグとして存在していたルピティ王国の世界は続いていく)

本当は関わることがなかったはずの世界。

それを救えたことにクレアは安堵したのだった。

第一八章

クレアは予定通りの滞在を終え、パフィート国に戻った。

帰国前には『魔法が切れない部屋』で浄化魔法を放つ実験も行い、無事に巨大な魔力竜巻に相当する瘴気《しょうき》を含ませた魔法道具を無効化できた。

これで魔力竜巻への備えは万全である。

そして、無事に帰国できたことを祝い今夜はクレアの離宮に皆が集まっていた。

クレアとヴィークだけではなく、早めに仕事を終えたリュイとキースにドニ。今日はレーヌ家での家庭教師の任務がないディオン。

テーブルの上には飲み物とお菓子と軽食が品よく並べられている。クレアが好きなものが多いのは、侍女であるソフィーの気遣いだろう。

そうして、久しぶりに皆で過ごせる時間に、やっと帰ってきたという気持ちになってほっとする。

ルピティ王国では第一王子らしく振る舞っていたヴィークも同じ感覚らしい。クレアの隣で、いつも以上にくつろいでいるのがわかった。

「クレア。魔力竜巻が起きる正確な日にちはわからないんだよな?」

「ええ。あの日、しばらく眠ったまま目覚められなかったから……数日の記憶が曖昧で」

「気にしなくていい。上位の色の魔力を持つものなら魔力竜巻の予兆は早い段階で把握できるんだろう？」

軽く頷いたクレアに、ヴィークは『大丈夫』とでも言うように髪を撫でてくれる。

こんなに穏やかな時間はいつぶりだろう。

あらためて、ここが自分の居場所なのだと実感する。

「しかし、ジルベール殿下の前で浄化の実験ができてよかったな。これで、いざ魔力竜巻が起きても落ち着いていられるだろう」

「だといいのだけれど」

答えながら、クレアは数日間を一緒に過ごしたジルベールのことを思い出していた。

あの手この手でクレアに接近し、ハッピーエンドを迎えようとしていたジルベール。ものすごく頼りない王子様だったが、ルピティ王国への愛は本物なのだろう。

ヴィークもジルベールについて回想していたようで、複雑そうな表情を浮かべている。

「俺のジルベール殿下へのイメージは一四歳までのものだった。非常に優秀で冷徹なタイプ。信頼する相手は極端に少なく、自分の内側に入れる相手は少ない……はずが」

「……それ、誰の話？」

呆れたようなリュイのツッコミに、ドニがブッと紅茶を噴き出した。

「ちょっとしか会わなかったけど、ジルベール殿下って王子様っぽくない王子様だったね～。ヴィークもこうしていると子どもっぽくてかわいいけど、その比じゃなかった。お供の白フクロウにはすごく馬鹿にされてたし～？」

「彼は一四歳に戻り続けていると言っていただろう？　おそらく、そうやって繰り返すうちに変わったのだろうな。想像を絶するほどのさまざまな出来事が彼を変えた」

ヴィークの推測を聞きながら、クレアは静かに紅茶を口に運ぶ。

（きっとそれだけではないわ。ジルベール殿下はここが作り物の世界だと知る人間なのね）

けれど、ルピティ王国への滞在中に彼がそれを口にすることはなかった。

皆が信じないから、と理由づければそれまでの話だが、その優しさと気高さは王族としてふさわしい人間とも思える。

ふと視線を感じて隣を見上げると、優しいまなざしを向けてくるヴィークの姿があった。

今考えたことを素直に口にしていい気がして、クレアは微笑む。

「今ね。様子がおかしいと気づきながら、ギリギリのところまで願いを聞き入れたルピティ王国国王陛下の気持ちがわかるような気がしたの」

「……今、俺も同じことを考えていた」

「ふふっ」

視線を合わせて笑い合うと、ドニが茶化すのが耳に入る。

「ひえぇ、息ぴったり〜。ちょっと離れたことで、逆に仲が深まった〜？」

その推測はわりと当たっている気がして、クレアはまた笑ったのだった。


翌日。

久しぶりに離宮のベッドで目覚めたクレアは頭痛に顔をしかめた。

「クレアお嬢様、どうかなさいましたか？」

白湯とハーブティーを持ち、寝室のカーテンを開けに来てくれた侍女のソフィーが心配そうにしている。

大ごとにしたくなかったクレアは努めて普通に伸びをした。そうしてから、告げる。

「ううん。体調は大丈夫よ。それよりも、急用があって今日は王立学校には行かないわ。すぐにヴィークに知らせを出してもらえるかしら？」

「はい、お嬢様？」

不思議そうに王立学校の制服をしまうソフィーを横目に、クレアはふうと息を吐く。

（この気配。今日がその日——魔力竜巻の日、だわ）

クレアは立ち上がると、レースのカーテンを開けて空を見上げた。

そこにあるのは、どんよりとした曇り空。それから、春の終わり独特の少し湿った空気。

今はまだ何も見えない。

けれど、数時間後には大きなどす黒い渦が現れるはずだった。

身支度を終えたところで、居室でディオンが待っていることに気がつく。どうやら、ソフィーにクレアが王立学校を休むと聞いて先回りしてくれたらしい。

「クレア。今日は王立学校お休みなんだって？　僕に手伝えることはあるかな」

「今からヴィークのところに向かうの。一緒に来てくれるかしら？」

「了解」

一度目の人生で魔力竜巻が発生したとき、ディオンはミード伯爵家の領地にいたと聞いている。

魔力竜巻の予兆があったのは王都でだけ。王都から離れた場所へは『何事もなく浄化された』という結果だけが時間を置いて伝えられたらしい。

だから、ディオンも魔力竜巻を実際に見るのは初めてのこと。けれど、のほほんとした様子でクレアを先導してくれる。

「急いでるなら、転移魔法を使う？」

「いいわ。少しでも多くの魔力を残しておきたいから」

「そっか。ルピティ王国で実験はしたけど、警戒するに越したことはないもんね。……クレアが残りの魔力量を気にするなんて初めて見たな」

「一応ね」

なるべく、いつものように会話をしながらたどり着いたヴィークの執務室。

扉を開けると、ちょうど窓際で外を見つめていたヴィークが振り向いた。

「クレア。そろそろ来ると思っていた」

「皆は？」

「リュイが朝一番に気配を察して、皆もう動いている。……それにしても、すごい色だな」

「ええ」

一緒に窓から外を覗き込んでみる。

空の色は、離宮の自室で見たときよりもずっと黒く染まっていた。ぴかり、と稲妻が見えたあと、ゴロゴロと音が鳴る。

竜巻の発生は刻一刻と近づいているようだった。

空を見上げながら、ヴィークが聞いてくる。

「浄化のタイミングはわかるか？」

「前回は発生する直前だったと思う。王都の空一面を雲が覆い尽くして、真っ暗になってからだったわ」

「なるほど。この雲が王都を覆い尽くすのは……この速度ならあと数十分てとこだな」

「ええ。バルコニーへ行きましょう」

できるだけ冷静に振る舞いつつも、鼓動が速まっていくのを感じる。

ルピティ王国の施設での実験では浄化は無事に成功した。

特別な魔法道具を使い、史上最大規模の魔力竜巻に相当する瘴気を発生させ浄化したのだが、危ないと感じるシーンはなかった。

前にリュイに教わったところによると、魔法は使い慣れるほどに魔力量の消費が少なくなるのだという。

精霊がわずかな魔力で魔法を起こしてくれるようになるのが理由らしい。

理屈には納得できるし、実際に実験をして成功もしているが、クレアとしてはやっぱり少し怖い気持ちもある。

（だって、ガラスの向こうには行きたくない……）

思い浮かぶのは、蛍光灯に照らされゲーム機が置いてあるあの部屋。

大好きな人たちと生きていきたいのに、またこの世界から弾かれてしまったら。そして、もう同じ場所に戻れないとしたら。

——また思い出だけを頼りに、一人きりで生きていかなければいけなくなったとしたら。

そんなことを思うだけで心細くなってしまう。

ヴィークはクレアの不安にいち早く気がついたようで、緊張をやわらげるような気安い軽口を向けてくる。

「クレア、顔色が悪いな。朝食は食べたか？」

「そういえば」

食べていなかった。平静を装ってできるだけ平気な顔をしていたはずなのに、ソフィーが準備してくれた朝食に手をつけられなかったことを思い出してハッとする。

(私、すごく緊張しているみたい)

バルコニーへ向かう階段の踊り場で立ち止まったクレアは、無意識のうちに握りしめていた手を開く。緊張で感覚が鈍い脚と、手のひらには爪の跡。

その跡を指先で撫でたヴィークは、悔しそうに呟いた。

「浄化を俺も手伝いたい。それをできないのがもどかしいな」

「大丈夫。空が暗くて、少し怖いだけなの」

クレアは慌てて首を振った。子どものような言い訳になってしまったけれど、今日だけは大目に見てほしい。

全てをお見通しらしいヴィークは必要以上にクレアの不安を煽《あお》ることはしない。おそらく、朝食の話題も不安から気をそらそうとしてくれたのだろう。

「……手が冷たいな」

「あ。それならこれを一口だけでも食べて。クレアが朝食に見向きもしないのを見て、念のため持ってきたんだ」

気を使って少し離れた場所からクレアとヴィークを見守っていたディオンが、小さな紙袋を取り出した。

中には、朝食のパンと一緒に並んでいたクイニーアマンが入っている。

ディオンはニコニコしながらそれを渡してくれた。

「立ったまま食べるのはお行儀が悪いけど、甘いものを食べると元気になるよ」

「……ありがとう」

クレアはお礼を口にして、急いでそれを口に運ぶ。甘い香りがしたものの、味を感じられない。やはりそれほどに緊張しているのだろう。

けれど、魔力以前に体力的に倒れてしまったら大変だ。そう思って何とか咀嚼《そしゃく》するクレアに、ディオンが告げてくる。

「僕、クレアがルピティ王国へ行っている間にレーヌ男爵家で夕食をご馳走《ちそう》になったんだ。それでわかった。あそこの家の人たちが僕に話しかけて優しくしてくれるのは、そうされると心が柔らかくなるって無意識のうちに知っているからなんだよ」

クレアが無言で頷くと、ディオンはなおも続けた。

「そういう優しさは、誰かの力になるなって思ったんだ。クレアも救われたし、僕も救われたし、レーヌ家のことだけじゃない。見た目にはわからなくても、クレアに救われた周囲の人たちは深いところで繋がっていくっていうか……僕にとってはこのクイニーアマンがそうなんだけど……。あー、何て言ったらいいんだろう、ヴィーク殿下？」

困って眉の両端を下げ、助けを求めるディオンを見てヴィークが微笑んだ。

「だから、大丈夫。クレアは一人じゃない」

「……！」

その言葉は、不安でどうしようもなかった心にぴたりと嵌まった。さっきまでの、ふわふわとした地に足が着いていない感覚が消えて、手の指先も温度を取り戻していく。

瞬間、上階のバルコニーの扉が開いた。

「クレア！　大丈夫？」

「皆……！」

先着していたらしいリュイ、キース、ドニの三人がこちらを見下ろしている。

一番にかけてくれた言葉に、涙が出そうになる。

彼らは国を守る存在だ。非常事態で大変なはずなのに、青い顔をした自分にいち早く気がついてくれて、気遣ってくれるのがどんなにありがたいことか。

（そうだわ。何を不安になっていたの。私は一人じゃなかった）

この世界から一人で投げ出される不安と戦っていたクレアに、一筋の光が差し込んだ。

そのままヴィークに手を引かれ、クレアはバルコニーへと出た。

空を見上げると、あちらこちらに魔力の歪《ゆが》みが生じて絡み合っているのがわかる。真っ黒い雲は王都をすっかり覆い尽くし、稲妻が見える頻度も一気に上がっていた。

これはもうまもなくなのだろう。

いざその瞬間を目の前にしたら、不思議と怖さは感じなくなっていた。

「これが……本では何度も読んだけれど、見たのは初めてだね」

「せっかくならぐるぐる巻いているところを見てみたかったなぁ～」

「冗談」

後ろの方から聞こえるリュイとドニの会話に、クレアはふふっと噴き出してしまう。額に汗を滲ませたヴィークも、悪戯っぽく笑ってくれた。

「お。余裕が出てきたか?」

「さっきは怖気《おじけ》づいてごめんなさい」

冗談まじりに謝ったクレアの手をヴィークが握り直す。さっきまでは気がつかなかったけれど、その手はわずかに震えていた。それを知って、あらためて一人ではないと思う。

「大丈夫だ」

「……ええ」

隣ではヴィークが手を握ってくれていて、背後には皆の気配がする。

クレアの不安を取り除きつつ、精いっぱい励ましたいという気持ちが伝わってくる。それだけで、凍りつきそうだった心が穏やかになっていく。

今ならばきっと、うまく精霊の力を借りられる気がした。

隣に立つヴィークに目配せをしてから、クレアは体のすみずみまで魔力を満たす。

一気に空っぽにならないように、少しずつ。いつもは漏れ出てしまうこともあったが、今日は特に大事に扱う。

研ぎ澄まされた上質な魔力を、精霊に受け取ってもらえるように。

そうして、一年半前と同じ呪文を唱えた。

《――精霊よ、我の魔力と引き換えにこの空気を浄化せよ》

瞬間、世界は眩《まばゆ》いほどの光に包まれた。

エピローグ

忙《せわ》しない春が終わり、パフィート国の王立学校には夏季休暇が訪れていた。

クレアの毎日はとても充実している。

午前中は王妃教育のために先生のところを訪れ、午後からはレーヌ家でイザベラの勉強を見る。そんな毎日は何度繰り返しても飽きることがない。

と思えば、夏季休暇から逃げ出したそうにげんなりとしている者もいる。

王妃教育からの帰り道、ヴィークの執務室に立ち寄ったクレアは、ぐったりと姿勢を崩して席に着く部屋の主に目を瞬いた。

「ヴィーク。誰からの手紙を読んでいるの？」

「クレア、いいところに来たな、ジルベール殿下からの手紙、面白いぞ。退屈で死にそうだったが、午後も頑張れそうだ」

「……!?」

問答無用で渡された手紙はずっしりとした重みがある。

以前、ニコラに惚《ほ》れ込む前のアスベルトがクレアに送ってきた手紙もかなり長かったが、その比ではない。

ジルベールとプウチャンともう一人の近況は気になるところだったが、これはいくら何でも長すぎるのではないか。

そんなことを思いつつ、手紙に目を通すことにした。

まず一番に書いてあったのは、シャーロットのことだ。

今、シャーロットはルピティ王国の修道院に併設された監獄で過ごしている。

元々はノストン国にある修道院に送られる予定だったが、シャーロットの脱走を懸念し、その案は早期に消滅した。

意外なことに、そこでジルベールが手を挙げた。

ジルベールが紹介してくれたのは、ノストン国から遠く離れたルピティ王国の辺境の地にある修道院だった。

その修道院は高い山の上というちょっとやそっとではたどり着けない場所にある。

一応ルピティ王国の王都シャルドーと『扉』で繋がってはいるが、魔力のないシャーロットには脱走など到底無理だろう。

加えて、女性しかいない環境のためにシャーロットが得意とするいつもの手段で味方を作りにくい上、使われている言語も独特。

更生ではなく自分が犯した罪の重さを知るためには最適な場所に思えた。

手紙によると、ジルベールは定期的にシャーロットに会いに行っているらしい。この世界の異分子として同士のように感じているのかもしれなかった。

そこまで読んで、クレアはため息をついた。

（ジルベール殿下の気持ちはわかる気がするわ。この世界をヒロインとして生き、周囲を現実のものと考えられず決して反省することのないシャーロットは、かわいそうに思えるもの。シャーロット本人は同情されることすら嫌がるのだろうけれど）

その後、手紙には魔力竜巻を浄化したことへの感謝やルピティ王国が続いていくことへの幸せなどが綴られていた。

プウチャンも国王陛下も令嬢方も皆元気。

また、ルピティ王国の騎士団の施設をクレアに貸したことから魔力竜巻の浄化にジルベールが関わったらしいという噂が広まり、ポンコツ扱いだったはずのジルベールの評価はうなぎ上りらしい。

お願いだから、真相は黙っていてほしいという言葉も添えてあった。彼の不器用さと真摯さを知るクレアとしては、ぜひそうしてあげたいと思ったところである。

そうして、最後に狩猟大会への招待状が添えてあった。

招待状を手にクレアは首をかしげた。

「あの……ルピティ王国ではまた……狩猟大会を開催するの？」

「らしいな」

「でも、ルピティ王国の狩猟大会って特別なものではないのかしら？　そんなに年に何回も行うものでは……」

困惑したクレアにヴィークが噴き出した。

「招待状をよく見るといい。何と、この招待はリュイ宛らしいぞ」

「ええっ⁉」

前にも見た、上質な紙にレースが織り込まれた封筒。

その宛名は確かにリュイになっている。一体どういうことなのか。

目を瞬くクレアに、ヴィークが笑いながら教えてくれた。

「ジルベール殿下は姉御肌な強い女性がタイプらしい。わざわざリュイの身分を調べてから招待状を作成したようだぞ？」

「……と、いうことは参加者じゃなくて女神としての招待なの……⁉」

クレアはリュイに視線を送る。執務室の端でクールに書類の整理をしているリュイは、我関せずの方針を貫くらしい。

その隣でキースが「返事はどうするんだよ……」と呆然としている。

クレアとヴィークのやり取りを見ていたドニがそろそろと書棚に近寄り、リュイに声をかける。

「ねえ、あれ、リュイ行くの？」

「魔物を狩る方なら行くけど」

「狩る方でもダメじゃない？　ジルベール殿下ってなんか変みたいだし危ないよ～？」

「でもなんか面白そう」

「……マジで⁉　やめなよ⁉」

そんな会話にくすくすと笑いながら、クレアは分厚い手紙をヴィークに手渡した。

（随分、いろいろなことがあった春だったわ）

同じことを思っていたのか、ヴィークも柔らかく微笑む。

「来年の春はもっと大変だぞ。俺の即位式に、クレアのお披露目がある」

「そうね。大変だと思うけれど、今は素直に楽しみだわ」

「ああ、俺もだ」

夏の乾いた風が執務室のカーテンを揺らしていく。

無事、穏やかな気持ちでこの季節を迎えられたことに。

そして変わらずにここにいられることに、クレアは感謝したのだった。

元、落ちこぼれ公爵令嬢です。④／完

番外編「シャーロットの憂鬱」

シャーロット・マルティーノの行き先となったルピティ王国のモンソールー修道院。

高い山の頂上にあるそこは、普通の人間では滅多にたどり着けない特別な場所だ。外界からはほぼ遮断され、限られた世界で生活を送ることになる。

そういった事情から、監獄が併設され罪を償う場所としても知られている。

そこで、ある一人の修道女が日記をつけていた。


『一か月ほど前、ここに一人の少女がやってきた。名を、シャーロット・マルティーノという。年齢は一五歳。くるくるふわふわのロングヘアに、真ん丸の瞳がかわいらしい。甘えたような高い声も、人を惹《ひ》きつける。

……彼女が犯した罪。他国の王族を貶めようとした。盗み。姉とその婚約者である王族に危険な魔法を放ち危害を加えた。精神に関与する洗脳魔法を使おうとした。その後他国へと逃亡。

マルティーノ公爵家といえば、ノストン国では泣く子も黙る名門中の名門だ。その名門出身の令嬢であるはずの彼女が、なぜこんなに卑しい行動をとったのか。とにかく、注意深く見守らねばならないだろう。』


——パタン。

シャーロットのお目付け役に任命されたユリアは、日記帳を閉じた。

この修道院に到着してから約一か月の間、件《くだん》の『シャーロット・マルティーノ』は監獄の独房に入れられて過ごしていた。

今日から、彼女はほかの修道女たちに合流して過ごすことになる。

ここで過ごす修道女の多くは、罪人でなくとも何らかの特別な事情を持っている。

シャーロットはその『訳ありたち』の中でも群を抜いた問題児だった。

そのため、この修道院に併設された孤児院で育ったベテランのユリアがお目付け役に選ばれたのである。

「……こんな役、引き受けたくなかった」

ユリアは苦々しく呟いた後、自室を出た。


「あなたの監視役のユリアよ。わからないことは私に聞いて」

簡潔に挨拶をするユリアに、シャーロット・マルティーノはきょとんとした様子で首をかしげた。

「……じゃあ、ここから脱出する方法を教えて。こんなところ、もううんざりなの！　独房は狭くて暗くてかび臭いし。一歩も出してもらえないなんて、頭がどうにかなりそうだったわよ！　ご飯も質素すぎるし……しかも言葉が通じる人が少ないんだけど！　何で？　ていうか、バッドエンドの先が長すぎるのよ！　死ぬまでこれが続くわけ？」

挨拶もなしに言いたい放題のシャーロットに、ユリアは表情を歪めた。

「私が答えられる範囲でわからないことはないようね」

ユリアは独房にいるシャーロットの姿を目にした瞬間から嫌悪感を持っていた。そして、後日渡されたシャーロットの経歴を読んで、その気持ちはさらに増した。

何不自由なく育ったくせに、他人を貶めようとするなんて、信じられない。

「部屋に案内するからついてきて。部屋は私と同室よ」

「えー！　そんなの嫌だわ。私、何も悪くないのに！」

ユリアにしてみれば、シャーロットのような人間がたった一か月で独房から出られたことが解せなかった。

金切り声を上げるシャーロットを置き去りにして、ユリアはトレードマークのショートカットが弾むような速足で歩く。クールと評される黒い瞳には、侮蔑の色が浮かんでいた。

背後で不満げにタラタラと歩くシャーロットの足音がどんどん離れていくのを感じるが、振り返らない。

とにかく苛立《いらだ》ちを抑えきれなかった。

ユリアは寮の部屋を案内した後、集会で使われる大広間にシャーロットを連れてきていた。

「毎朝、お祈りをした後に食堂で朝食をとるの。食事は、朝八時と夕方四時の二回。遅れたら食事は抜きよ」

「食事が二回……？　ってことは、ハイティーの時間があるのかしら」

「そんなものあるわけないでしょう。ここは修道院だし、何よりもあなたは罪人よ」

またしても信じられない、と顔を歪めるシャーロットを無視してユリアは続ける。

「私たちは毎日この大広間を磨くのよ。毎日、休むことなくこの部屋をピカピカに磨き上げるの」

「ええ？　この広さを二人で⁉　どう考えたって無理でしょう⁉　大体にして、使わない部屋を毎日ピカピカにしてどうするのよ」

「目的はもっとほかのところにある。そんなこともわからないの？」

「……嘘でしょう……。独房から出たら、自由の身だと思ったのに！　私は悪くないのになんでよ！」

嘘、自分は悪くない、と繰り返す彼女は、ユリアの予想通りの温室育ちのようだ。

それにしても、独房に一か月も入っていて自分の境遇を理解しないとは。

ユリアは一刻も早くシャーロットとの会話を終わらせたかった。

「それと、あなたに渡すものがあるの。ほら、手紙」

苛立ちを隠さないユリアが差し出したのは、六通の手紙だった。一通は実家から、一通はルピティ王国のジルベールから。残りは全てパフィート国のクレアからだった。

「独房にいる間は渡せなかったの。……いいわね、悪いことばっかりしていても心配してくれる人がいて！」

自分の声がどんどんヒステリックになっていくのがわかる。けれど止められなかった。

ユリアは、赤ん坊のときにこの修道院に預けられ、それ以来ずっとここで暮らしてきた。温かいシスターたちのおかげで何不自由なく生きてこられたことをとても感謝しているが、正直に言うと寂しさを感じたこともあった。

公爵家に生まれるという幸運を手にしたくせに、自分を大切にしてくれる親きょうだいをあっさり裏切って、家を没落寸前まで追い込むとは。

――これだから、生まれたときから恵まれていた人って！

ユリアがシャーロットに抱えている怒りの理由はこうである。

けれど、シャーロットから返ってきたのは気だるげな言葉だった。

「……本当に心配してくれる人？　そんなのいないわよ。フン、馬鹿みたい」

「……？」

それまで威勢が良かったシャーロットの表情に影が落ちたのを見て、ユリアは何となく口を噤む。

今日はいいお天気で、大広間の窓は開け放たれていた。

その向こうから、子供たちが庭ではしゃぐ声が聞こえてくる。

「……子どもの声……？」

「そう。ここは、孤児院もあるの。まあ、あなたには関係ない世界よね」

「……こんなにたくさんの子どもたちがいるのね」

「そうよ。ほとんどの子どもに親はいない。生まれてすぐに連れてこられた子もいるわ」

ユリアは、自分も、と付け加えようとして止めた。

自分の生まれをこの世間知らずでわがまま放題のお嬢様に話すのは嫌だった。

「……一人、皆の輪に入っていない子がいる」

「ああ、クレアね」

「！」

なぜかシャーロットは、窓の下に見える小さな少女の名前に目を泳がせた。

やせっぽっちの少女は、皆が楽しそうに遊ぶのを木の陰からじっと見つめている。

泣いてはいないものの、左手は樹《き》の幹を必死に摑み、右手はスカートをぎゅっと握りしめている。

「あの子、先週、ここに連れてこられたばかりなの。……まだ四歳よ」

そう答えると、ユリアは大広間を出た。

「ちょっと！　どこに行くのよ！」

シャーロットの声と足音が追いかけてくるが、ユリアは無視を決め込み、そのまま階段を下りて庭に出た。

高い山頂にあるここは空気が薄いけれど、人間が暮らしやすいように魔法で調節されている。魔法がなくては修道院に頼るしかない、厳しい場所だ。

子どもたちはすぐにユリアに気がついて集まってくる。

「ユリア！」

「きょうはおしごとおわったの？」

「ユリアもいっしょにかくれんぼしようよ！」

皆、目を輝かせて遊びに誘ってくれる。ユリアも、幼い頃はこうして修道女に遊んでもらった。この孤児院の子どもたちはユリアにとって弟妹のような存在だ。

「いいわよ！　クレア。私と一緒に鬼をやらない？」

ユリアの誘いに、クレアと呼ばれたやせっぽっちの少女は弱々しく首を振った。

「そう。じゃあ、あのお姉さんと隠れてね」

「げっ。わ、私？」

ユリアが指さした先には、予想外の出番に固まっているシャーロットがいた。クレアが遠慮がちに頷くと、ユリアは数え始める。

「いーち、にーい、さーん、……」

承諾はしていないのに、いきなりかくれんぼが始まってしまった。

シャーロットが固まっていると、クレアは言われるままにトコトコとシャーロットのところまで歩いてきた。ひどく不安そうな顔をしている。

「…………」

シャーロットは、恐る恐るクレアの顔を覗き込む。

細い手足に浅黒い顔。着ているものは清潔だが、彼女の佇まいはシャーロットにあることを思い出させた。

その瞬間、何となく足が動いた。

「……こっちよ」

「……ここ……？」

「しっ。しゃべっちゃだめよ！」

シャーロットがクレアの手を引いて隠れたのは茂みの中だった。隠れるのには絶好の場所だが、クレアは慣れない場所に驚いた様子だった。

「ちくちく……する……」

「私だってチクチクしてるわよ⁉　でも、かくれんぼは木の上か茂みに隠れるのが相場なのよ。覚えときなさい⁉」

「……！」

シャーロットの強い口調に、クレアは言葉に詰まる。

（し、しまった）

「ち……違うわよ？　別に、泣かせようとなんかしていないからね⁉」

小さなクレアは、何も言わずに頷いた。ふぇえん、と泣くかと思ったのに、意外なことに歯を食いしばって涙を我慢している。

「………」

その表情を見て、シャーロットの脳裏には自分が生まれ育った村の風景が浮かんでいた。


それはシャーロットがまだ幼く、マルティーノ公爵家に引き取られる前の思い出。

ノストン国との国境にほど近い小さな村で、シャーロットは母親を見送っていた。

「シャーロット。ママ、これからお出かけしてくるわ。お留守番していてね」

「はーい……」

もう、外は暗くなっていたが、母はシャーロットを置いてこれから出かけるという。

(ママ……また？　きっと、ひげのおじさんのところだ)

シャーロットはまだ夕食を食べていない。

台所の鍋には昨日の野菜スープが残っている。あの味が薄くて具がほとんど残っていない冷たいスープを一人で食べるのだ、と思うと空腹を忘れたい気持ちになる。

まだ五歳になったばかりのシャーロットは、自分の家にパンを買うお金がないことをもう知っている。

けれど、ふかふかのパンはなかなか食べられないのに、母が着ている煌びやかなドレスはなぜか増えていくのは不思議だった。

食べ物は買えないけど、ドレスならいいのね！　と、思っていたこともある。

でも、誕生日にかわいいワンピースをねだったところでいい返事はもらえなかった。

母は『ひげのおじさん』と一緒に遊びに行くと、なかなか帰ってきてくれない。

暗い夜に独りぼっちなのは寂しいけれど、母が持ち帰ってくれるレストランのお土産は楽しみだった。

いつも食べられないパン、牛肉の煮込み、ゴロゴロした野菜がたっぷり入ったシチュー……。

思い浮かべるだけでよだれが垂れそうなメニューを心の支えに、シャーロットは留守番を頑張っていた。

今思えば、『ひげのおじさん』はマルティーノ公爵家の縁者ではなく母の恋人だったのだろう。

あの裕福なマルティーノ家は、妾《めかけ》と娘に十分な生活費を与えていたはずだ。

それでも暮らしが貧しかったのは、母が自分一人のためだけに金銭を使い果たしていたからなのだと今ならばわかる。

小さかったシャーロットの目から見ても、皆の母親とは違っていた。

心のままに生きる様は、まるで年の変わらない少女のよう。

いつも一人で残していくことを謝られた記憶はない。だって、母親にとってはそれが当たり前だったのだから。

お腹が空《す》いて夜は寂しくても、シャーロットは泣かなかった。

泣くことで母に面倒だと思われるのが怖い。いつもニコニコ笑って、愛される少女を演じていた。

（……嫌なことを思い出しちゃったじゃないの！）

茂みの中で、シャーロットはちっ、と舌打ちをする。

途端に、隣で縮こまっているちいさなクレアの肩がビクッと跳ねた。

「……こっちの話よ。あなたは悪くないわ！」

「は……はい」

「ついでに、私も悪くないんだから。私悪くない。こんなところにいるのがほんとわかんないわ！」

「……？」

クレアはホッとした様子だったが、まだこちらの顔色を窺っている。

子どもの頃の自分にそっくりなのに、名前は『クレア』だなんて。

隣で息を潜める小さな存在に、意外と悪い気はしていなかった。


ユリアは、新しいルームメイトがぐうぐう眠るのを横目に日記を書いていた。

（今日は予想外だったわ。目をそらして逃げるかと思ったのに）

『今日の出来事。新入りのシャーロットと同室になった。彼女は、経歴書通りの問題児。文句ばかりで、何をするにも非協力的。更生を促すために家族への手紙を書かせようとしたら、目を離した隙にシーツにくるまって寝てしまった。』

（でも……）

ユリアはさらに筆を走らせる。

『意外なことに、孤児院の子どもたちには好かれているようだ。特に、彼女は先週来たばかりのクレアの様子にいち早く気がついていた。奉仕活動でここを訪れる貴族令嬢のほとんどは、私たちを憐《あわれ》みの目で見る。でも、彼女は違った。特に気に留める様子もなく普通に接するなんて、どういうことなのか』

ユリアはそこまで書き終えると、部屋の灯《あか》りを魔法で消したのだった。

そこから数週間が経った。

シャーロットは修道院での暮らしにすっかり馴染んでいた。

「朝食にはワインが出ないのよね。それに、のんびりお茶を楽しむ時間はないし……。脱走したいけど、こんな僻地《へきち》じゃね～……。ユリア、あなたなにが楽しくてここにいるの？」

「今は勘当された公爵家のご令嬢を見るのが楽しいわね。それに、ワインは特別なの。修道院の敷地内に葡萄《ぶどう》畑があって、ワインを造っているから飲めるのよ。あなたのような人は飲めるだけありがたいと思うことね」

「あーあ。これだから平民って。私、貴族のお家《うち》で暮らしてきたからそういうのわかんなくって」

シャーロットとユリアは相容《あいい》れない関係だったが、やり取りにお互い刺々《とげとげ》しさを感じないくらいには距離が近づきつつあった。

ユリアはシャーロットの更生の名目で、彼女が家族に書いた手紙をチェックする係を引き受けている。

最近の内容は「新しいドレスが欲しい」だった。

シャーロットは煌びやかなドレスを間近で見たことがないという『クレア』のためだと言い張っているが、おそらく嘘だろう。

けれど、シャーロットとクレアの気が合うのは本当らしい。シャーロットは姉から贈られてきた綺麗な便箋をプレゼントしたりもしていた。意外でしかない。

今日はこれから日課の大広間掃除の時間だった。

いつも通り、大広間に向かおうとしたユリアにシャーロットがくねくねと告げてくる。

「ねえ、ユリア。今日の大広間の掃除、サボらない？　なんだか飽きちゃったわぁ」

「…………」

どこまでもふざけたことを言うシャーロットにユリアは閉口した。

彼女の姉はパフィート国の第一王子と婚約しているらしいが、そっちは大丈夫なのか不安になってしまう。

シャーロットが文句を垂れるのを聞きながら、結局二人は大広間に到着した。

今日は天気が悪い。外は雨がザーザー降っていて、カーテンを開けたままのはずなのに部屋は薄暗い。

いつも、ユリアが廊下側から、シャーロットは窓側から床をピカピカに磨き上げていく。

やる気も体力もないシャーロットはユリアの五分の一ほどしか床を拭けないが、最初の頃に比べたら大分マシになった。

「あれぇ」

さっそく掃除をサボって窓の外を見ていたらしいシャーロットの、素っ頓狂な声が聞こえた。仕事を始めてわずか三分足らずである。ユリアは呆れながら聞き返した。

「一体どうしたのよ」

「あの樹の上に……白い布が挟まっているみたい……。何かしら……」

気になったユリアは、シャーロットがサボっている窓のところまで行く。そして、驚いた。

「布じゃない。子どもだわ！」

大慌てで大広間を後にした二人は樹の下へと向かった。そして、大声で呼びかける。

「そこにいるのは誰？　危ないから動かないで！」

「は……い……」

ユリアの呼びかけに答えたのは、クレアだった。

一体どうやって登ったのか、かなり上の方まで行ってしまっている。そのせいで雨風はほとんど防げず、びしょ濡《ぬ》れなのが想像できた。

いつも声が小さい彼女だったが、今日は特に聞こえない。

「もう。しょうがないわね！」

どうやって助けてあげればいいのか迷っているユリアを尻目に、シャーロットは枝に手をかける。

「え？　あなた……登るの？」

「だって、登らなかったらどうするのよ」

そう言いながら、シャーロットはぐんぐんと登っていく。

元々、この木は孤児院の子どもたちが登って遊ぶぐらいには枝が太く登りやすい。

丈が長くて動きにくい修道服姿のシャーロットも、簡単に小さなクレアのところにたどり着いた。

「クレア、私につかまるのよ」

「は……い……」

「あっ」

そこでシャーロットが足を滑らせた。手で枝を掴めば問題ないが、片手は小さなクレアで埋まっている。

結果。そのまま二人は真っ逆さまに落ちた。

ユリアは慌てて魔法を使った。普段はあまり使わないようにしているそれは、シャーロットだけには見られたくなかった。

けれど、そんなことを言っていられないほどの緊急事態である。

シャーロットとクレアは地面すれすれのところで浮いていた。

「何これ⁉　もしかしてあなたって魔法が使えたの⁉　だったらもっと早く助けなさいよ！」

「それより、早くクレアを医務室に」

自分が運んだ方が早いと判断したユリアは、小さなクレアをシャーロットの腕からひったくるようにして受け取り、孤児院へ走った。

その後ろ姿を見つめるシャーロットの手には、水でふやけたかわいらしい便箋が残っていた。


その日の夜、夕食を終えて部屋に戻ったシャーロットはユリアに聞いてみる。

「ク……クレアの様子はどうなのかしら」

「風邪をひいてしまって、熱があるみたい。薬が効かなくて……ちょうど、来週癒しの魔法が使える聖女様がいらっしゃるから相談するそうよ」

「ふぅん。聖女様が」

どこの国でも聖女がいるのは王都だ。つまり、来週のその日にこの修道院は王都と『扉』で繋がれるらしい。

いつもならこの修道院から脱走することだけを考えているシャーロットだったが、今日は違うことを考えていた。

「ねえ。『扉』はどこにあるの?」

「脱走をして他国へ匿われた前科があるあなたには絶対に教えない」

「え〜。それ、私は悪くないのに。……ねえ、ユリアは魔法を使えるのよね?」

「使えるけど少しだけよ。扉なんて動かせないわ。脱走できなくて、残念だったわね」

「え～」

シャーロットはぷうと頬を膨らませた。ここに来て数週間。毎日逃げることばかり考えているが、地理的に考えるだけ無駄なのはもうわかっている。

けれど、今回は少し事情が違う。黙り込んだシャーロットをふてくされたのだと勘違いしたらしいユリアが、キッと睨んでくる。

「……あなたって、本当におかしい子ね。クレアのことが心配なのかと思ったら、次の瞬間には脱走のことを考えている。短絡的すぎて、本当に子どもみたい」

「……何よ！　ユリアだって、魔法が使えるんなら貴族の家の出よね？　一体どこの家なのか言いなさいよ！　どうせ、私より下なんでしょう？」

「……これだから言いたくなかったのよ。貴族階級に自分が貴族の血を引いていると知れると、大体皆そうやってすぐに優位に立とうとする。……私はクレアと同じよ。小さい頃、ここに置いていかれたの！」

ユリアはそれだけ言うと日記帳を掴み、バタン、と大きな音を立てて部屋から出ていってしまった。

予想外の答えに、シャーロットはぽすんとベッドに座り込む。

「えぇ～。そんなの聞いてなかったわよ？　今のって……私は悪くないもん？」

そう呟いて寝転がるシャーロットのベッドのシーツには、クレアが握りしめていた便箋が綺麗に皺を伸ばして挟んである。

辛うじて原型を留めているものの、濡れていたからボロボロだ。これをあの子に返したら、きっとがっかりするだろう。

この便箋は、修道院で過ごすシャーロットのために、姉のクレアが送ってくれたものだった。姉のクレアはシャーロットがかわいいものが好きだとなぜか思い込んでいて、意味不明でしかない。

もう『かわいらしく健気な妹』を演じる必要がなくなったシャーロットは、その便箋を『これいらないから』と小さなクレアにあげたのだった。

小さなクレアが大切にしていたらしいこの便箋は、シャーロットの机にはもう残っていない。街に出て代わりのものを買ってあげたくても、今の自分にそれは無理だった。

せめて、誰かにお願いできたらよかったのに。

「こんなものを大切に持ち歩くなんて……バカみたい。はーあ」

数日後。お祈りを終えたシャーロットは呼び出しを受けた。

重い足取りで指定された部屋に行くと、ルピティ王国の第二王子・ジルベールとプウチャンが待っていた。

「シャーロット、元気にしていたかな？」

「はぁい。いつになったら私をここから出してくださるんですかぁ？」

「うーん、一〇〇年後ぐらいじゃないかな？」

「冗談きついですぅ。私、ヒロインじゃなくなっちゃう」

「もうヒロインじゃないのはわかっているだろう？」

にこやかな表情を浮かべるジルベールから繰り出されたキツい言葉に、シャーロットは頬を膨らませた。

「あーあ。ジルベール様が私みたいにここがゲームの世界だって知っているとわかっていたら、もっとやりようがあったのに。悔しいわ」

「私の目的はルピティ王国の呪いを解くことだったからね。シャーロットには興味がなかったし、多分意味がなかったんじゃないかなぁ」

「シャーロットハ　ジルベールノ　コノミジャナイ」

「えー！　私ヒロイン！　みんなを魅了するヒロイン！」

「そんなことを言っているうちはこの修道院を出られないね。修道院長にも言っとくよ。あと、いつでも独房の方に戻れるみたいだよ？」

「反省してるわ！　私悪くないけどね！」

ジルベールとシャーロットのやり取りはいつもこんなものだ。

定期的に訪問するジルベールは、特に差し入れなどを置いていってくれることはない。だから面会に来られたところでシャーロットとしては面倒でしかなかった。

けれど、今日は。

「ねえ、王子様にお遣いをお願いしてもいいかしら？　買ってきてほしいものがあるんだけれど！」

「この国の王子である私をパシろうだなんて、シャーロットは相変わらずだね。でも絶対に嫌だよ」

「……あっそう。ならいいわ！」

小さなクレアに便箋を贈るのはやはり無理らしい。

ダメならダメで仕方がない、とあっさり諦めようとしたところで、ジルベールが話題を変えた。

「そうだ。さっき、聖女様がクレアという女の子に癒しの魔法をかけるところを見たんだ。孤児院にクレア嬢と同じ名前の子がいるんだね」

「！　まぁ、そうみたいね。それでその子はよくなったの……？」

「すっかり治ったみたいだったな」

「よかっ……！　……いえ、あ、そうなの」

胸を撫で下ろしかけたシャーロットは、慌てて平静を装う。

「なんか、かわいい話をしてたよ。『お姉さんにもらった紙が風で飛んで木に引っかかってしまったから、何とか取りたかった』って。それで雨に打たれて風邪をひいちゃったんだね」

「……そう……」

頬を少し赤らめて目をそらすシャーロットに、ジルベールは包みを取り出した。

「シャーロットが持っていた白の魔力ってすごいよね。ルピティ王国には白の魔力の持ち主はいないけど……それでも、聖女様が扱う癒しの魔法を見ると感動するな。シャーロットは本当にもったいない力を失ったと思うよ。まー、自業自得すぎたんだけどね？」

いつもならすかさず「私は悪くないもん」と返すシャーロットだったが、木の上で抱き上げたときの小さなクレアの体温が蘇って、今回は言葉が出ない。

本当はわかっていた。魔法さえ使えれば、木から落ちる危険に晒すことなくクレアを助けてあげられたし、かつての自分が持っていた白の魔力を使えば聖女なんて待たずにクレアを治してあげられた。

けれどそのことに気づかれたくなくてふてくされた表情を浮かべた。

こんなシャーロットの行動はいつものことだ。全く気にしない様子のジルベールは包みを開けて、その中身を見せてきた。

「これ、クレア・マルティーノ嬢から。送りつけるんじゃなくて、好きなものを選ばせてあげたい、ってことで私が持ってきた」

「！　これ……」

そこにあるのは、さまざまな種類のレターセットだった。レースやリボンが織り込まれたもの、かわいらしい絵が描かれたもの、カラフルな花々や石が埋め込まれたもの。

それを前に、シャーロットは毒づいた。

「クレアお姉様って、本当にお嬢様よねえ。私、こういうの好きじゃないんだけど！　かっこいい王子様とかドレスとか宝石の方がいいのよねぇ」

「あー、じゃあいらないって持って帰る？」

「そ、それは！」

シャーロットは慌ててレターセットを両腕で抱え込んだ。

それは、幼い頃に欲しかったワンピースとどこか重なる。

そして小さなクレアは、幼い母親に縋ることしかできなかったかつての自分のように思えていた。

「じゃあ、また来るね。それでクレア嬢にお手紙を書いてあげたら喜ぶんじゃないかな。私にそれだけ持たせたのって、このレターセットで返事が欲しいって意味だと思うけど」

「ふふっ。聞かなかったことにしますわ。次にいらっしゃるときは、ぜひここから出してくださいね！」

「それは無理だ」

「残念ですぅ」

いつもの応酬をしつつ、ジルベールが帰った面会室。

シャーロットは周囲を慎重に見回してから、腕の中のレターセットを恐る恐る見た。

そのまま、ユリアが先に掃除を進めているはずの大広間へと向かう。いつもより足取りは軽い。もちろん、掃除は嫌いだ。

シャーロットは、この世界が現実だと理解し、人々の気持ちを知るための入り口にいる。


その日の夜。ユリアは日記を書いた。

『シャーロット・マルティーノが来てから三か月。今日、彼女が話してくれたこと。

彼女は生まれたときからマルティーノ公爵家にいたわけではないということ。あと、先日の暴言への謝罪。彼女が「私は悪くない」と言わないのは初めてだった（でも、かなり遠回しだった）。

孤児院のクレアにレターセットを渡してほしいというお願い（自分であげればいいのに）。まだまだ不満を口にしてばかりだが、彼女なりに自分の罪と向き合おうとしつつあるようだ。先は長い。監視役として、彼女の更生をしっかり見守っていこうと思う』

ユリアは日記を書き終わると、ぐうぐう気持ちよさそうに眠るルームメイトの寝顔を眺め、軽く微笑んだのだった。

特別書き下ろし　『ヴィークの焦燥』

ルピティ王国へクレアを迎えに行くと決めた日の夜、明かりが最低限に落とされた自室。ものすごく気まずそうなキースから告げられたその知らせに、ヴィークはあからさまに不快感を示した。

「……狩猟大会？　それは本当なのか？」

「ああ、見てくれ。さっきルピティ王国の国王から極秘で送られてきた書簡に、明日急遽狩猟大会を開くことにしたと書いてある」

キースから手渡された書簡には、まさに今聞いたのと同じ内容の文章が並んでいた。それを握りしめたヴィークは苛立ちを隠せない。

「なぜそんなことになった？　クレアは俺の正式な婚約者として送り出したはずだろう」

「それが、何が何だか……書簡によると、ジルベール殿下の暴走らしいんだが。ヴィーク、どうする？」

「……」

（どうする、って）

狩猟文化が残るルピティ王国で、王家が主催する『狩猟大会』に特別な意味があることをヴィークは当然知っている。となると、答えは一つしかなかった。

立ち上がり、机の上に置かれた鐘を鳴らす。これは身の回りの世話を担う侍従を呼ぶ合図である。

「予定では明日出発することにしていたが、変更して今これから出発する。キースもすぐに準備を」

「御意……ってマジか？　夜だぞ？」

「そんなこと言っていられるか。キースは国王陛下に報告を。ドニにはリュイへ返事を出すように伝えてくれ」

　指示を出しながら、ヴィークは侍従の到着を待たずにクローゼットから乗馬服を取り出した。普段のヴィークは街着で乗馬をすることが多く、ほとんど乗馬服に袖を通すことがない。それを知っているキースは不思議そうにしている。

「ヴィーク、なぜその服を出したんだ？　他国への正式な訪問だろう」

「その書簡によると、明日は狩猟大会が開かれるんだろう？　仮にクレアが『女神』として扱われる可能性があるなら、俺も正攻法で取り戻しにいく」

　さらりと自然に答えてシャツを脱ぎ着替え始めると、ついさっきまであわあわしていたはずのキースからぴゅう、と口笛が聞こえた。

「つまり、いざとなればヴィークも狩猟大会に参加するつもりでいるのか。……本当に王子様みたいになってしまって」

「くだらない冗談を言っている暇はない。お前もすぐに準備しろ。すぐに出るぞ」

　クローゼットの扉を乱暴に閉めれば、背後で兄貴分が小さく笑う気配がしたのだった。

出発を一日早めたヴィークは、一刻も立たないうちにパフィート国の王城を後にした。

扉を使って訪れた国境の町・レカーセはあたりまえに夜中である。無理に予定を早めた訪問に、扉を管理する教会の司祭は驚いている。

「ヴィーク殿下、ルピティ王国に入ってしまったら扉は使えません。この時間の陸路での移動は危険では？　せめて朝まで待たれては」

笑みでねじ伏せようと思ったものの、ヴィークの父親――パフィート国王よりも相当年上に見える司祭はひどく心配しているようだ。それを、ドニが人懐っこい笑顔で宥める。

「司祭、僕らがついているから大丈夫ですよ？　それに、殿下は大切な婚約者をお迎えに行くんです。早く会いたくていてもたってもいられないみたいで……無理に留めおいても、一人で飛び出して行っちゃうかも？」

ドニの言葉で状況を理解したらしい司祭はため息をついた。

「なるほど、特別な事情がおありと察しておりましたが、そういうことでしたか。でしたらこれ以上はお止めしません。ですが、ここのところルピティ王国では妙な噂が流れているようです。どうかお気をつけください」

引っかかる言い方をする司祭に、ヴィークは片眉を上げる。

「妙な噂とは？」

「魔物の目撃情報があります。パフィート国側ではしっかり結界を張っているため報告には上がっていませんが、ここのところルピティ王国では魔物の目撃情報があるそうです。それも凶暴なブラック・ドッグではないかと」

「……」

司祭の情報にキースとドニの空気がぴりりと引き締まったのがわかる。けれど、ヴィークはにやりと悪戯っぽく笑った。

「情報、感謝する。十分に注意しよう。……だが、ブラック・ドッグを捕えたら、狩猟大会で優勝できるな」

「……ヴィーク、あまり危険なことは勘弁してくれ。こっちの寿命が縮む」

頭を抱えるキースの悲痛な声を背景に、ヴィークたちは国境の町・レカーセを出発したのだった。

真夜中の馬車の中は薄暗い。いつもより馬車を高速で走らせることになったため、少しでも休めるようにと明かりを落とされた形だったが、ヴィークにとっては逆効果だった。

目を閉じると、不安そうなクレアの顔が思い浮かんで仕方がない。

（やはり一人で行かせるべきではなかった。いくら友好国からの招待でも、わざわざ『一人で』と指定してくるなんてどう考えたっておかしかったんだ）

膝の上でもうこれ以上握れないというほどに握った手に、怒りが滲む。

（クレアには世界を変えるほどの魔法が使えるが、きっと両国間の関係を第一に考えて、加護だけに抑えるだろう。それで大丈夫だろうか。……いや、リュイがついているから何事も起こらないとは思うが）

送り出す前、クレアが一人でルピティ王国へ行くと決めた日。離宮で将来の話をし、おでこをくっつけたときのことが脳裏によみがえる。

一人で行かせることに不満と不安を表したヴィークに、クレアは穏やかな笑みを向けていた。優しさの中に凛とした光が灯り、意志を感じさせる眼差し。それを思い出すだけで、堪えきれない感情が込み上げてくる。

（手放したりせずに、しっかりこの腕の中に入れていればよかったんだ）

一人、感傷に浸っていると馬車が止まった。馬替えのタイミングなのだろう。程なくしてドニが顔を出す。

「ヴィークに報告。さっき、リュイからまた手紙が届いた。狩猟大会にはリュイも参加することにしたって」

「……リュイが狩猟大会に？」

思いがけない報告である。と同時に、この先の未来に容易に想像がついて顔が引き攣った。どうやらドニも同じ未来を思い浮かべているらしい。

「リュイのお父上のクラーク伯爵って狩猟をされる人なんだよね。リュイも相当な腕前のはずだよ。リュイには魔法もあるし、普通にぶっちぎりで優勝しそうだよね？　あ〜あ、僕も見たかったたな！　……これ、急いで迎えに行く必要なかったんじゃない？」

「……。そうかもしれないな……」

考えてみればリュイらしい案である。しかもそうなる確率は高く、ルピティ王国との間にわだかまりも残さないで済む。さっきまでの緊張感は消えて、一気に脱力する。しかし安心したものの、ヴィークの心中は複雑だった。

「……俺は出るぞ。リュイが出ても、俺も出る。リュイには負けない」

「えっ？　ヴィークが参加しなくていいに越したことはないよ〜？　キースが心労で禿げちゃうし、リュイに任せようよ」

「そういうわけにはいかないだろう。クレアは俺の婚約者だ。リュイに取られてたまるか」

つい頬を膨らませれば、ドニは屈託なく笑う。

「え〜？　そんなことないって言ってあげられないのが申し訳ないな。クレアとリュイはすごく仲がいいもんね。リュイが騎士服を着ていればお似合いのカップルに見えるし」

図星を突かれすぎて、さっきまでとは違う意味でいてもたってもいられなくなりそうだった。少し余裕が生まれたヴィークは、ニコニコと喋る側近に一矢報いる。

「……ドニはそれでいいのか。リュイの一番は俺だぞ。……職務的なものだが」

最後は小声で付け足した。けれど、リュイと特別に仲がいいドニは、その問いにいつもより大人びた表情で微笑む。

「ん？　形式的にはヴィークが一番ってことになってるけど、本当はクレアの方が一番じゃない？」

「……！」

完璧に打ち返されてしまったようである。

「さて、そろそろ馬替えが終わるみたいだね。出発しますよ～王子様？」

「ああ。とにかく、狩猟大会には参加するぞ。キースに伝えといてくれ」

止まっていた馬車はゆっくりと走り出す。次第に加速して、目的の場所へと向かっていく。

いつの間にか、さっきまでの心配と焦りでいっぱいだった気持ちはすっかり落ち着いていた。ヴィークは窓の外の暗闇に向けてしみじみと呟く。

「――クレアに、早く会いたい」

元、落ちこぼれ公爵令嬢です。

Previously, I used to be a disqualified daughter of the duke.

あとがき

こんにちは、一分咲です。

この度は『元、落ちこぼれ公爵令嬢です。4』をお手に取ってくださりありがとうございます。少し時間が空いてしまいましたが、またお会いできてすごくうれしいです！

元落ちの書籍も四巻となりました。いつも応援してくださる皆様には感謝しかありません。本当にありがとうございます。

最近、あとがきから読まれる方も多いと知りました。ということで、あとがき、内容を話しすぎないようにがんばります……！

この四巻では隣国の王子様・ジルベールが登場しています。彼はイケメンなのにちょっと残念なキャラ、という私の大好きな属性なのですが、眠介先生に描いていただいたジルベールが本当にかっこよく……！

カバーイラストをいただいたとき、イメージ通りすぎて拝みました。本当に書いてよかったです。ありがとうございます（また拝む）。

また、四巻ではクレアとヴィークの関係もさらに繋がりが強くなっています。

爽やかで甘い二人の関係を書くのはすごく楽しいのですが、作者としては、もっといろいろな二人を書きたいので早く大人になってくれないかなぁと思った巻でもありました。

ぜひ、この先も二人を見守っていただけるとうれしいです。


最後になりましたが、本作にお力を貸してくださるすべての皆様に感謝を申し上げます。

素敵なイラストを描いてくださった眠介先生、コミカライズご担当の白鳥うしお先生、担当編集様をはじめ、いつも支えてくださる皆様、本当にありがとうございます。

また、今回は担当編集様にお気遣いをいただき、同月刊『無能才女は悪女になりたい～義妹の身代わりで嫁いだ令嬢、公爵様の溺愛に気づかない～』（電撃の新文芸）の広告を帯に入れていただきました。ご厚意に感謝いたします。


この本をお手に取ってくださった方に、少しでも楽しい時間を過ごしていただけていたら何よりの幸せです。

また次巻でお会いできることを祈って。

一分咲

MAG Garden NOVELS

元、落ちこぼれ公爵令嬢です。④

発行日　2023年3月25日 初版発行

著者 一分咲　イラスト 眠介　キャラクター原案 白鳥うしお

発行人　保坂嘉弘

発行所　株式会社マッグガーデン
〒102-8019 東京都千代田区五番町6-2
ホーマットホライゾンビル5F
編集 TEL：03-3515-3872　FAX：03-3262-5557
営業 TEL：03-3515-3871　FAX：03-3262-3436

印刷所　株式会社広済堂ネクスト

装　幀　Pic/kel（鈴木佳成）

本書は、「小説家になろう」（https://syosetu.com/）作品に、加筆と修正を入れて書籍化したものです。

ISBN978-4-8000-1300-2 C0093　Printed in Japan